顧顧旅讀 文學朝聖之旅

想像時代
臺灣山城海

閱讀就是一種旅行

推薦序一

場所精神的文學再現

挪威建築理論家諾伯—舒茲（Christian Norberg-schulz）1979年出版了《場所精神：邁向建築現象學》（Genius Loci: towards a phenomenology of architecture）（施植明中譯，1995），書中闡述了源自古羅馬的人所認為「場所精神」，認為「每一種『獨立的』本體都有自己的靈魂（genius），守護神靈這種靈魂賦予人和場所生命，自生至死伴隨人和場所，同時決定了他們的特性和本質。」而這就是「場所精神」。諾伯—舒茲提醒場所（地點，place），不是物理學向度的空間（space），而是與社會文化連結，進而產生意義與認同的地方。

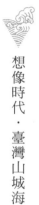

這樣的概念呼應了海德格在思索西方文明的危機、笛卡爾式理性主體的去身體（disembodiment）問題以及現代人無所依歸的荒涼感時，所提出來「棲居」、「存在」、「空間」與「地方」等哲學概念。海德格：「詩的首要任務是將人帶回到土地上，使之歸屬土地，因此將人帶進棲居（dwelling）的狀態」。在疏離、片斷化、資訊爆炸的當代，文學與場所的交互閱讀，是我們重新找回自己的方法，是安頓身心靈的棲居之所。

顧蕙倩的書寫，正是提供了這樣一種路徑。認識她的文字，是透過金門國家公園傳統聚落保存的報導。她來辦公室採訪我。我龐雜地提供了一些資料與線索，分享了我過去三十年來的金門研究經驗與視角。她離開時，我暗自反省，今天的討論能否真正幫上她？但沒有多久，蕙倩寄來了她的初稿，我細讀之後發現，文章不但條理清晰，細膩的觀察與文字的書寫更體現了故事的溫度，讓原本可能失控成政令宣導的文章頓時間成為優美易讀的作品。她的寫作能力令我折服。

這種寫作能力不是用「文筆很好」這麼簡化的一般性讚嘆所能描述，而是作者本身的人文素養對於場所精神的充分認知與再現能力。她將土地、社群的互動聯繫起來，再與經典的文學作品對話，使之成為一種時空交織的詮釋方式，不但讓臺灣的地方（場所）重新被看到，也讓華文的重要典籍重新被理解，更讓讀者可以順著她的書寫覓得棲居的歸屬狀態。

在《想像時代・臺灣山城海》書中，我讀到了她（文學與場所）雙線交織的書寫功力，更喚起土地與人群之間那些被遺忘的故事。在〈八十八番與楚辭〉一文，她帶著屈原的《楚辭》出發，帶著我們探索一九二五年設置於臺北市區、芝山岩、草山、竹子湖以及北投郊區的八十八尊石佛留下的遺跡，回溯殖民時期煙雲飄緲的靈場，也重新搭建了記憶與渴望。在〈新高山與史記〉中，她看到了殖民時期臺灣的山林記憶、原住民在人類學家森丑之助等人筆下的樣貌，也掌握到殖民現代性下的奮起湖、阿里山森林鐵路建設、植物學知識建構的開

端，這樣的認同、記憶與時空相遇的追尋正如同司馬遷《史記》對於歷史曠野中的想像與重構。

接下來，蕙倩書寫了海洋國家公園的南方四島、玉山國家公園的塔塔加。在〈南方四島、塔塔加與莊子〉中，她刻劃了澎湖南方四島的風土、玉山塔塔加的生態，也採擷了國家公園第一線同仁們用生命的力量推動工作的動人故事；而此時，《莊子・齊物論》是作者面對這樣真實故事的書寫隱喻，莊周夢蝶中的人與物的轉換，不就是盡心盡力投入國家公園保育研究的文學寫照？最後，在金門的時空走讀中，作者連結了《禮記》。不論是宗族聚落的倫理紋理、僑鄉洋樓的移民牽繫、甚至鸕鶿候鳥的識途歸返，在她的寫作中，都是一種文化的回歸，是「禮儀之邦」具體而微的實踐。

不自量力地應允了推薦序的寫作，給我帶來不小的壓力，但也使我享受了閱讀上的快樂。壓力是面對這樣一本時空交織的書寫，我能

不能為它多談點什麼？幫助大家認識這本書甚至是我國國家公園的核心價值？快樂則是優游於這些流暢且易讀的文字中，給了我許多的養分與啟發。無疑地，這本書是一種場所精神的文學再現，雖然不是詩而是散文，但仍帶給我們心靈棲居的可能性。

樂為序

臺灣師範大學東亞學系教授兼國社學院院長

江柏煒

推薦序二

歡迎進入多重宇宙

顧顧老師和我因千里步道協會一場分享會而相識。

記得那個略為褥熱的秋夜，我和她是當晚的兩位講者，我說徒步臺灣西海岸，她談臺灣中北部古道的時空踏查。

事後，我從社群軟體進一步發現，顧顧的「守備範圍」極廣，不只是歷史與地理，還有文學本業。

《想像時代・臺灣山城海》讓我大開眼見，甚至懷疑究竟是文學還是山林，才是她的本業？

從臺北的八十八番靈場到新高山，從澎湖南方四島到金門傳統聚落，上山下海的顧顧不僅和土地對話，也和空海大師、森丑之助、國家公園任職的明翰與莉敏，以及守護並活化金門古厝的青年偉國對話，更讓自己的心靈遨遊，與楚辭、莊子、史記和禮記經典對話。對於習於三度空間生活的讀者來說，真是進入了無限次元的「多重宇宙」啊。

請讀者和我一樣，放寬心隨著顧顧的文字翱翔，因為它是最好的導遊，不僅帶領我們到山巔海角，更讓心靈回到「國有禮、官有御、事有職、禮有序」的安穩世界。

遠東聯合診所身心科主治醫師

吳佳璇

推薦序三

關注當下的一切

我喜歡走路，但沒有太大的期許與壓力，自自然然居多，沒有太多計畫或甚至沒任何計畫（走很久走很多年才有一些些念頭），尤其沒有要找尋什麼或跟自己對話。

顧顧的文學底蘊很深厚，捻手而來，處處都找到古籍與對照的意念，我沒有——我走路只關注當下的一切，雲／空氣／眼下的生物與人。

淺淺的、淡淡的、可能沒太多文明的層次，在國家公園時間久了，也知道自己動手做，也許只能改變一點點點。

分享給妳和你。

玉山國家公園約聘研究員

印莉敏

推薦序四

走讀天地之間，回應內心的聲音

隨著《他鄉・故鄉：澎湖南方四島紀行》於二〇二一年一月出版後，我那原本安靜的電子信箱，陸續收到各種關於南方四島的問題，從遊憩、住宿到造訪時機等，一瞬間，自己彷彿成了四島生活情報站。不過，如果有「最難忘的回應經驗」排行榜，相信與顧顧的對談，絕對榜上有名。

二〇二二年四月二十日，那是我第一次接到顧顧的電話，當時我與來自臺灣千里步道協會及澎湖社區大學的夥伴們，在西吉嶼進行手作步道調查。一通陌生電話響起，電話那頭懇切的聲音與島上蕭蕭風

聲成了強烈的對比，她以《國家公園季刊》夏季號主編身份約訪，欲瞭解《他鄉・故鄉：澎湖南方四島紀行》圖文背後的故事。

掛上電話後，繼續走在西吉嶼的羊腸小徑上，空氣中依舊可以聞到海水的味道，而她的問題宛如眼前拍打在礁石上的海浪，翻攪早已深鎖在內心深處的他鄉，故鄉。

可以請你聊聊踏上西吉嶼這片荒蕪大地上的心情嗎？

在船污事件當下，你的心情是如何？

林順泰巡查員是如何帶領你們處理棘手的船污事件？

可以請你聊聊在工作站的日常嗎？

可以請你分享全島合影這張照片背後的故事嗎？

你是如何看待這份工作？

是什麼原因讓你一次又一次地回到南方四島，與步道志工們一起修築小島之路？

在她真誠且深入提問下，自己緩緩向她道起對於那段生命中，獨一無二的四島印記。

幾個月之後，我收到與顧顧第一次合作的作品，「生態保育遊俠：守護國家公園的 **Ranger**」。透過她深厚的古典文學底蘊，不僅為書中的主角「**Ranger**」一詞找到跨越時空的連結，更拉近了讀者與這本圖文集的距離。

原以為我們之間合作已劃下美好的句點，沒想到另一場屬於顧顧的旅讀才正要開始。

二〇二二年九月八日，我再度收到她的來信，信中她除了提到想尋著森丑之助的腳步，從西稜登新高山；同時，亦想帶著《澎湖南方四島紀行》一書，登島造訪書中的人事景物。

面對前者，我整理了一批關於阿里山文史的調研報告，並聯繫阿里山工作站與巡山員，希對她走進眼前這片看似熟悉，卻充滿未知的旅程有所助益。唯獨對於後者，我一直持保留的態度，畢竟，在秋冬更迭之際，海象十分不穩定，一旦因風浪過大，導致交通船停駛而被「關島」，生活與工作都將被打亂。

在九月下旬，收到顧顧捎來的一封訊息，內容是她買了一張從將軍往南方四島的船票，並分享在船上巧遇林順泰巡查員的經過。此刻，我終於明白，顧顧這趟旅行不是去尋找答案，因為答案就在風中，只要我們推開窗、走出門，一場心的旅程就會展開！

二〇二三年二月，我收到顧顧邀請我為她的新作《想像時代・臺灣山城海》一書寫序時，我感到十分榮幸。閱讀書中內容時，不僅喚起了我在澎湖南方四島生活的點滴記憶，更驚豔她所帶回來的驚喜。

「旅行是生活中一場和自己的對話」，是我從顧顧這次作品中，看見她在生活中的實踐。跟著她的文字一路隨行，不僅看見途中的趣味與滋味，同時也欣賞到一場古典文學與生命的反思對話，令人神往。

她真誠地記錄下這些旅程帶給她的驚喜與衝擊，從山林、島嶼、聚落、寺廟到小徑等各種自然、人文地景與生活面向，都成了她在旅讀中對話的對象。儘管許多時候的交會只是一瞬間，但我們都能感受到她對於生命的尊重與禮讚。而那瞬間速寫的一幀幀照片，沒有刻意雕琢，反而更顯出客觀與真實的生活觀照。

每一個年代都有每一個年代的容貌與姿態，都有它獨特的生態與氛圍。正因如此，每個年代的有心人，在這片土地上，為我們留下歲

月的年輪與斑痕，從自然的真實、生命的深邃、苦楚與風采，俱在文字與圖像中留下見證。

在紛擾的世界中，顧顧用溫柔的心與對生命的好奇，外加一點顧氏的任性與勇氣，乘著相信的翅膀，展開一趟一趟的文學朝聖之旅，並在時光的迴廊中留下「文學」與「生命」的回聲。

阿里山林業鐵路及文化資產管理處管理師

吳明翰

推薦序五

走著走著，就成為了時光旅者

這是一個充滿歷史與故事的古老世界，相較之下，每個人都顯得太年輕，輕的承載不起那些以各自的方式無情狂奔的時光洪流。顧老師的文字，像是投向洪流的一顆顆小石子，問路、問天、問人間是否值得掛念、問生命何時整全。

問的，是走過漫漫人生的自己，是否終於能夠不那麼局外，讓奔流的時間扎入心中，船錨一般地與某個時代、某條街道銜接在一起。也是在那個銜接點上，顧老師找到了自己的身影，以及歷史、文化的意義。

與顧老師的相識，是共同為內政部營建署編撰《國家公園季刊》。初次見面就特別投緣，除了文人氣質外，也是因為顧老師身上有一種親切的善意，好像任何事物在她眼裡都是有趣、值得善待的。且這樣的善意不會遮掩她的好惡與辛辣，聊起天時，她對各種人事物的犀利剖析，會讓聽者能夠用一種特別的方式，重新審視眼前的一切。也因為這樣的特質，顧老師寫出的文字是時而溫柔、時而尖銳的，一方面她會好好對待、呈現包覆她的世界，一方面她又以銳利的提問割開被討論的對象，讓各種思緒、情境裸露出來，使讀者透過豐富的對話，進一步探問本該不受限的生命歷程。

顧老師這本書的四個章節，都是沿著「自我」、「古文」、「景物」的三重對話展開的。一個是純然的自己，對生命充滿疑惑與感觸，想知道存在的意義，並期待人生是值得相信、延續的；一個是一篇篇已然熟成的世界觀，從屈原、司馬遷、莊子到禮記，跨越時間的，把他們經歷的磨難、思索甚至解答投射在新的世代上，卻又莫名能喚起

後人的共鳴，彷彿生命的厚度已使他們成為時光旅者，陪伴不同世代的人面對存在的難題；一個，是仍在開展中的，顧老師身處的時空，從臺北、玉山、澎湖到金門，顧老師一邊享受「此時此刻」帶給她的驚喜，一邊讓潛藏心中的「純然的自己」與「歷史的迴響」交替發聲，直到把眼前的景物拓展成縱貫「古」、「今」、「我」的交響曲。

跟著顧老師的文字行走，就像在看一場實驗劇，看她如何出入各種時光、場域，用不同素材進行探問與調音，並將每個時刻都塑造成一場難得的旅行。看完這示範，最好的回應是轉身離去，毅然踏上屬於自己的旅程，無論是提出屬於自己的疑問，還是在時光中掙扎、前行，也許有天，我們也會找到自己的溫柔與銳利，並覺得生命是如此有趣。

策展與文字自由工作者

莊惟任

目次

第一章　相信是一雙翅膀：八十八番與楚辭

第二章　在曠野裡：新高山與史記

第三章　擄獲的私密感：南方四島、塔塔加與莊子

第四章　最重要的拼圖：金門與禮記

閱讀就是一種旅行

《想像時代》旅讀地圖搶先看

第一章
相信是一雙翅膀：八十八番與楚辭

1. 臺北天后宮
2. 北投真言宗石窟建築群
3. 北投普濟寺
4. 北投中正山鳳梨宅泉
5. 北投行義路櫻岡溫泉
6. 北投龍雲寺
7. 北投菁山路巷內民宅
8. 北投陽明山胡宗南將軍墓地
9. 臺北第二殯儀館後方廟宇
10. 大直正願寺
11. 臨濟護國禪寺

第二章
在曠野裡：新高山與史記

1. 奮起湖
2. 阿里山森林遊樂區沼平車站
3. 阿里山森林遊樂區
   森丑之助首登玉山入口意象
4. 石棹步道群
5. 玉山國家公園麟趾山
6. 玉山國家公園鹿林山
7. 玉山國家公園玉山登山口
8. 特富野古道
9. 阿里山公路臺 18 線
10. 大嵙崁番地（今桃園市復興區）

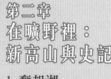

第四章
最重要的拼圖：金門與禮記

1. 金門縣金湖鎮瓊林聚落
2. 金門國家公園
3. 蔡嘉種紀念館
4. 金門洋樓
5. 戰地史蹟
6. 閩南傳統建築

第三章
擄獲的私密感：南方四島、塔塔加與莊子

1. 東沙環礁國家公園
2. 玉山國家公園塔塔加遊憩區
3. 澎湖南方四島：東嶼坪嶼、西嶼坪嶼、東吉嶼、西吉嶼
4. 臺南將軍港

行前說明

心的風景點・非非心理小測驗

從《青春彼條街》、《探險時代》、《啟蒙時代》，我們一起逛了許多景點，讀了許多書，認識許多人，發現臺灣的山城海不時與我們的生命對話，為此，我們也更了解自己的心性與興趣。如今恭喜你又進入了人生的下一階段，因著顧顧旅讀系列，我們隨顧顧老師來到臺灣山城海的第四站：想像時代。

你會好奇顧顧老師是怎麼設計這些穿越時空的旅行嗎？你會不時有想要四處走走，卻不知從哪兒開始旅行的茫然嗎？你會想要設計適合自己的旅行地圖嗎？

透過這次一章一回的「心的風景點．非非心理小測驗」，你不但能透過生活隨處可能發生的選擇點，發現自己潛能的心性，更能在其中找到自己隨時可以出發的景點。而這些景點，你可以輕易在Google地圖上標記，找到適合自己的交通與住宿建議。其實，也是為自己驛動的心標注每一段前行的路，一點一點，不就隨著時間的腳步，拼貼成一幅幅「心的地圖」嗎？

至於，為什麼取名為「非非心理測驗」呢？因為這些是顧顧老師的巧心設計，不是坊間專業心理測驗，沒有取樣或是大數據為憑，但是卻在朋友們稱之為「顧半仙」的聲聲鼓勵下，邀請諸多朋友填寫試做，得到「怎麼這麼準！」的眾聲驚呼。所以，名為「非非」，非非就是負負得正，非非，就是正式非專業。

非非，就是「信我者，隨心行」。

一、相信是一雙翅膀：八十八番與楚辭

心的風景點・非非心理小測驗

今天天氣不錯，和天氣先生預測的結果很不同，你決定一個人出去走走。你為背包放進水壺、雨衣、行動口糧、行動電源，接下來你準備下載離線地圖。請問單獨出發的你，會選擇前往什麼地方？

❶ 請依直覺，從以上四個選項中選一個。

❷ 選好一個後，從所選的選項由下往上走，遇到橫線就轉彎！

北投真言宗石窟建築群

你是個喜歡冒險的好奇寶寶，對不曾經歷的世界充滿想像，想像自己身處其間會獲得什麼上天恩賜的禮物。你非常適合前往「**北投真言宗石窟建築群**」，這裡會滿足你對未知自己的好奇。

臺北天后宮

你是眾人的太陽，也是大家的寶貝。選擇對你來說不容易，因為你會將身旁的人一併考慮進來，帶著大家一起平安前進，一起共好。

你非常適合前往「**臺北天后宮**」，這裡會讓你看見眾人，看見因你而幸福的喜悅感。

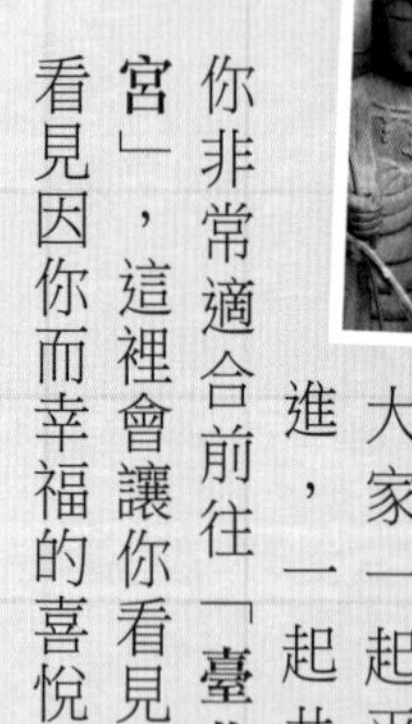

北投普濟寺第八十八番石佛

你是個兼顧理性與感性的動物，有時喜歡脫離現實，走進眼前的想像世界，但不會走得太遠，因為你實在害怕迷路。你非常適合前往「**北投普濟寺第八十八番石佛**」，來到這裡，你會喜歡這樣探索故事裡的人物，想像自己能為沈默孤獨的石佛說些什麼？

圓山臨濟護國禪寺

你是個浪漫熱情的人，非常重視自己的真實感受，更相信直覺的判斷，做出帥氣選擇。但總是難免提得起放不下，所以你會不時提醒自己要三思而後行。你非常適合來到「**圓山臨濟護國禪寺**」，參觀山上的遍路眾家石佛，俯瞰士林圓山一帶紅塵美景，你會喜歡沈溺其間的爛漫時光！

淡粉色月光鉛筆

「你從來都不曾真正相信過什麼吧？」我瞪大著眼睛看著啜飲咖啡的H。

「是吧，從我認識妳，現在妳總算說對了一件事。我還真的不知道自己該相信什麼?從小我的家庭就教會我一件事，不要相信任何人。我的數學很好，寫對了所有答案，但那只是公式下的答案，我不相信老師教的就是真理，我只知道照著做，拿到好分數，然後得到我想要的。」H冷冷地回看了我一眼，然後，安靜地低頭推門出去。

「我從不知道什麼叫做『相信』，我自己也很想知道！」在咖啡店門縫的微光裡，H孱弱的聲音透了進來。

遠去的腳步聲，好沈重。

H是我從小就認識的朋友，從沒算過到底認識多少年，也許是君子之交淡如水，不太談什麼心底的話，反而見起面來容易多了。從小都是念同一所教會學校，我不信天主，他也沒信。下課到走廊呼吸新鮮空氣，看到他在，就會和他哈拉幾句，他先看到我時也會湊過來說幾句話。成績頂尖的他後來就念了羅斯福路那一家。

他不太談家裡的事，我也是，所以我們終究還是可以無話不談。直到最近的同學會前，我們也斷了好久的聯繫，如果不算FB的貼圖或按讚。

那天，遠遠看他一臉意氣風發地向我走來，我開心的向他招招手，「好久不見啦，」雖然第一句話真是生疏，但接下來可就話匣子全開了。

是的，H就是這樣的朋友，就是我所有朋友的惟一模樣。

我看起來可以和誰都很好，但是，每個人和我的距離都一樣。

H是我，我是H。

連我自己都不相信了，沒有任何信念的我，你叫我要去相信其他人？別鬧了。

小時候，曾經我的鉛筆盒裡有一枝削得很短的月光鉛筆，淡粉色的身軀，安靜的定居在筆盒裡，那是H送我的，「考試的時候握著它，想到的第一個答案，就把它寫在考卷上。」那時的我很願意相信H，也曾經真的寫對了好幾張數學考卷。

不知道為什麼有天考數學的時候打開鉛筆盒，卻沒發現它，然後，我的數學就一直糟到現在。

「哈哈，那枝鉛筆喔，騙妳的啦，是我在垃圾桶裡撿到的，我記得妳還真的靠它猜對了不少分數，神奇神奇。」同學會裡我向H提及了這件事，沒想到H還記得。「能單純相信一支鉛筆，不也是一件幸福的事嗎？」說實在的，我還記得手裡緊緊握著那枝鉛筆的安全感。

自從失去那枝鉛筆後，我著實找了好一陣子，也曾到文具店買相同牌子的鉛筆削成相似的長度，但就是不相信它會帶來相同的神力。時間漸漸久了，我也順利升上高中，淡粉鉛筆的事也慢慢在記憶裡退去。

「相信」這件事，從念教會學校的十多年光陰裡，我一直拒絕植入心底。難道，這也是我之後拒絕相信他人，甚至不相信這個世界的原因嗎？我不知道。我只知道，自從那枝筆消失之後，我的心就徹底的缺了一塊。缺的難道還有H這個人嗎？

那時還小的我，哭著告訴H鉛筆消失的事，他只是淡淡的說，「沒有了沒有了，妳唯一能信的事已經離妳而去了！」

就這樣，我就這樣莫名其妙的一直在找，那能讓我深信不疑的鉛筆。然後收起眼淚，不再輕易相信任何人，包括H。

上道理課慈愛的修士和修女為我們說了什麼，我都聽不下去，難道，也是那枝鉛筆害的嗎？

自己談了一次又一次失敗的戀愛，在海誓山盟的期待下，愛情依然是我最不相信的承諾。對方說什麼，此刻擁有什麼，我都聽不下去，難道，也是那枝鉛筆害的嗎？

這也讓我養成了仰望遠方天空的習慣。一枝不知飄向何方的鉛筆，依物質不滅定律，會在宇宙的某一方遠遠的守護著我嗎？為何當初的我會如此相信？這是源自我的信念？還是源自那枝神奇的鉛筆？

我和H離開同學會後，又去了一間咖啡店坐坐。其實我們早已不可能是無話不談的年紀，而我自從決定不再相信他的那一刻起，也已對他鎖上心門。但人就是這麼奇怪，愈是隨便哈拉，反而愈是能無話不談，反正就是到心坎兒前就按下煞車燈了。

我們坐著，對看彼此，奇怪的是，兩個人都哭了起來。

安然度過了數十寒暑的生命，面對另一個自己，終究還是卸下心防。

是H，是他先扯去了面具。

但我拒絕。

所以他失望的推了門出去，留下一臉錯愕的我。

降落在月球背面

到底什麼是相信？

只有缺乏想像力的人，才會用字面的意思去解釋吧。

那天Ｈ生氣離開之後，我將心中的錯愕停留了好幾天。我不能理解，為什麼每次面對一個人想向我靠近的時候，我的反應都是如此的冷漠。他們憑什麼要相信我？他們為什麼可以輕易的將自己交託給我？

他們，有什麼資格期待我可以理解他們、接受他們？

與圓山捷運站、飛機航道比鄰而居的臨濟護國禪寺。

從父親和母親持續一個月的爭吵開始，我選擇閉嘴，選擇用閉嘴來粉飾太平，從那天起，所謂的感受已經迅速降落在月球背面，一切視而不見。我選擇活在安靜織成的謊言裡。

對，就是這個心願，把這個家保護得很好，把自己的心念鎖得牢靠，不輕易相信什麼，當然也就無所謂的失望。

十三年的教會學校，當然連信仰一種宗教的念頭都沒有。

因為那對我來說根本就是不可能的事，要去相信肉眼看不見的神祇，那真是完全無法說服我，我都不相信我的父母了。我只看得見爭吵，只看得見懷疑，只看見完全失去信任感、安全感的家庭。

是H老了嗎？還是，我一直是他相信的人，而我卻不知？

還是我拒絕交出自己，拒絕和H成為真正的知己？

洪荒時代呢？那些不曾擁有文字傳承的人類先民老祖宗呢？自古以來獻祭的犧牲者，他們承受著族人的心，相信只要獻上自己，下一次的澇災乾旱就不會降臨。可悲的人類，即使有了文字語言，可以延續前人的信念，像楚辭裡的山鬼，不知唱了多少遍，但是祂就沒有來。哈哈，不管如何的為祂解釋，不管如何的朝思暮想，祂，究竟在哪裡？

祂真的在嗎？

我想，此刻的我，在找回H之前，先要面對自己，解開自己生命的結。

我想知道什麼是「相信」？

我想像著一個充滿信念的世界。

只要透過一個祭祀，寄託一種信念，在無法預測的大自然和渺小的生命之間。是寄託恐懼嗎？還是透過想像，讓虛無飄渺的相信成為事實？

劍潭雞南山下一石佛。

從屈原文字裡貼近天地

我也是在無止境的等待這樣的祂嗎？一個可以完全不用考慮，全然可以相信祂的話語、祂的信念的人嗎？還是一個無所不在，卻無法用文字詮釋、肉眼親見的「神」呢？

粉紅色的月光？還是粉紅色的鉛筆？祢究竟消失在何方？還是，一直在等待我的相信？

同學會後，我約了H，一起來走這條紅塵大街裡的朝聖之路。

H沒有問我為什麼選擇了他，又為何選擇了這條路，接了我的電話，然後簡單明瞭的回了，「好！」

「我想用走的，感受當年的朝聖之路，『臺北新四國遍路巡禮』，也就是一九二五年設置於臺北市區、芝山岩、草山、竹子湖，以及北投郊區的八十八尊石佛留下的遺跡。想像一種全心全意的寄託是怎麼回事？想像這件事我是會啦，但是，用心體會，我可是需要靠時間慢慢給自己機會的。H你也是吧？」H若有所思地看著我。他什麼也沒問，是相信我的安排嗎？我不知道。但他終究是答應了我的邀約。

我帶著屈原的《楚辭》出發。

那是先民信仰裡與我最接近的語彙，我想試著從屈原的文字裡貼近天地之間，那渺小無助人類的巨大信仰。從小家裡除了過年圍爐祭祖之外，從不拜拜的。爸爸媽媽說，他們從大陸逃難來，什麼都沒帶，祖宗牌位沒有，臺灣民間信仰不懂，只有靠自己白手起家的，還能信什麼。

戰國時代的屈原因為不受當廷信任，流離邊陲，改寫了他所聽到的祭祀歌謠，在山邊海隅，在神秘渺遠的生死邊界。他寫下了邊陲民族的歌舞詩樂，一句句是對未知的愛戀與祈求，相信那裡有一個神祇，彷彿你和我，是可以取悅的，是可以生氣的，透過歌舞詩樂，透過獻祭，傾訴對祂的思念。至於遠方的祂是否會聽見，會應許，那是另一回事，唱詩獻祭的人只負責相信，然後自會上達天聽。

《九歌・山鬼》 屈原

若有人兮山之阿，被薜荔兮帶女羅。
既含睇兮又宜笑，子慕予兮善窈窕。
乘赤豹兮從文狸，辛夷車兮結桂旗。
被石蘭兮帶杜衡，折芳馨兮遺所思。
余處幽篁兮終不見天，路險難兮獨後來。
表獨立兮山之上，雲容容兮而在下。
杳冥冥兮羌晝晦，東風飄兮神靈雨。
留靈脩兮憺忘歸，歲既晏兮孰華予。

採三秀兮於山間，石磊磊兮葛蔓蔓。
怨公子兮悵忘歸，君思我兮不得閒。
山中人兮芳杜若，飲石泉兮蔭松柏。
君思我兮然疑作。
靁填填兮雨冥冥，猿啾啾兮又夜鳴。
風颯颯兮木蕭蕭，思公子兮徒離憂。

我向H解釋，《楚辭・九歌》是一組祀神的樂歌，這首〈山鬼〉出自《九歌》的第九首。據說是屈原在漢族民間祀神樂歌的基礎上加工修改而成的。《九歌》中有不少篇章描述了人與鬼神的愛戀故事，如〈湘君〉、〈湘夫人〉、〈大司命〉、〈少司命〉等，這首〈山鬼〉也是。

「山鬼」就是一般所說的山神，《楚辭・山鬼》將浪漫想像與現實自然晨昏交織在一起，具有濃郁的畫面感與現實性，我告訴H，很喜歡這首〈山鬼〉，我有時會採用「山鬼」內心獨白的方式欣賞，有時也可以視為一位美麗天真又痴情的少女等待著愛人「山鬼」的來臨，女主角跟她的情人約定某天在一個地方相會，儘管道路艱難，她還是滿懷喜悅地趕到了，可是她的情人卻沒有如約前來；風雨來了，她痴心地等待著情人，忘記了回家，但情人終於沒有來，她依然癡心為他的缺席做了合理的解釋；然而天色已晚，在風雨交加、猿猴齊鳴中，她傷心、哀怨，思念絲毫未減。

H說，如果詩裡等待的是美麗的山鬼形象，那山鬼豈不就是個披戴著薜荔、女羅、石蘭和杜衡，乘著赤豹拉的辛夷車，車上插著桂枝編織的旗，身邊跟著長有花紋的花豹嗎？其行止無不帶有浪漫迷離的神性和超脫人類的姿態，又與山鬼的神祇想像頗為吻合。

若將那個等待愛人的少女視為山鬼，她的容貌體態和情感變化與正常人的表現無異，不更能貼近人類的情懷，更容易打動人心嗎？「她感嘆青春不能永駐，期盼愛人早些到來，不來則憂傷孤獨……這種忽人忽神的形象創造，正是讀書記憶裡屈原詩歌中極端孤獨的模樣。」但H說，「太美了，這麼的孤獨，美得讓我無法相信！」

H的說法倒是提醒了我，畢竟這是祭祀的歌謠，與人保持一段距離，那若即若離的神秘感，讓人既期待又無法觸及的衷心仰望，這也是讓人超越理智，以達到一廂情願的相信吧？

北投真言宗石窟建築群。

在你的腳底安歇

在細雨紛飛間，北投的山煙雲飄渺。我帶著H來到北投的大師山裡，也就是現在地圖上指稱的「丹鳳山」。這裡曾是日治時期臺北八十八番遍路的最後一站，北投真言宗石窟建築群。位於此處的石窟建築，曾是日治時期臺北遍路之旅最重要的一站，四面環山，波切不動明王石窟、弘法大師岩石窟與弘法大師紀念碑分別安座於石壁間。四周或有殘存的奉獻石柱、傾頹石燈籠，或有依坡地築起的參道，找不到這裡最初的寫真模樣，只能依憑著破碎線索搭建想像。

當時來到這裡的人，已在遍路之旅的不同石佛前參拜，八十八尊，都是源自故鄉四國的靈場。

日治初期，自日本內地有眾多佛教宗派來臺傳教，其中臺北真言宗弘法寺原本借用艋舺黃氏宗廟布教，之後於一九一〇年於新起街市

場右側、新起橫街一丁目新建本堂，除本尊為日本高野山開山祖空海（七七四—八三五年），也就是弘法大師及十一面觀世音之外，另自日本高野山勸請不動尊王。而北投於一九一二年由西門外街澤德松等人發起設立「茶榮講」組織，開鑿北投大師山上的岩場，耗費三百餘圓，在石內供奉弘法大師。此外，「茶榮講」也在弘法大師岩附近建立「弘法大師紀念碑」，上刻：「遠處可望故里花木，大師之山光輝閃耀。」其周邊陸續設置「大師波切不動明王石窟」，並於臺北盆地各處設有「臺北新四國八十八箇所靈場」，讓此座山頭逐漸成為真言宗朝聖之路的宗教聖地。

我和H沿著參道登臨弘法大師岩前，再前行不久，可達全臺三大岩場之一的熱海岩場。四周紅塵盡在腳底，觀音山、大屯山、軍艦岩環伺其間。這裡不高，置身紅塵，卻又置紅塵於腳下。

H和我都不發一語，也許，當時來到此處的遍路者，也是這樣的靜默無語吧。

離開了大師山，我帶H回到北投市區，轉個彎，前行中正山下，來到第八十八番大窪寺藥師如來石佛的現址。「為什麼不是最初所安座的鐵真院（北投普濟寺）呢？」當我們站在北投中正山下鳳梨宅的一處偏僻小徑裡，這尊第八十八番石佛居然孤零零的居處戶外，H問我這是怎麼回事，有監視器有遮雨棚，卻沒能回到安身立命的鐵真院？（註）

原鐵真院第八十八番石佛。

註：本書出版時，第八十八番石佛已遷回原址——北投普濟寺內。

我告訴H，就我對這座石佛的調查，這真是牽涉複雜的人事糾紛，從鐵真院失竊後，這尊石佛就歷經了幾度易主，而今鐵真院，也就是今日的普濟寺，院方希望透過臺北市文化局出面交涉，將石佛迎回院內，「一切都還在進行中。」這是我對這尊石佛的最新關注，我對H無奈的說。

這也進一步引起了H的好奇心。

對於第一次接觸「臺北新四國遍路巡禮」的H來說，想要知曉全貌的心和我那純然想知道什麼是「相信」的熱切是不相上下的。

離開了第八十八番石佛，我帶他陸續來到安居菁山路民家前裡，用美麗貝殼裝飾居處的第六十四番、身居龍雲寺內的第八十一番，還有要買溫泉券才能一睹為快的第七十番石佛。

圓山臨濟護國禪寺。

當然，目前身居草山一帶的石佛們，有的棲身私人招待所，有些窩居民宅，還有一些正等著我一一去巡禮。我發現和H這樣的步行走著，彷彿回到了小時候教室前長長的走廊，我們總是專注地聊著天，不在意四周經過的什麼，雖然只有短短的十分鐘，甚至連上廁所的時間都不夠，但是那一種放鬆放下，和發呆看著天空的感覺沒兩樣。

「H，那時我們倆下課在走廊的聊天，就是不會有任何負擔的胡思亂講，現在想想還挺懷念的呢！」看似隨意的閒扯，沒想到H也能接招，「現在不也是嗎？妳有為了和我說這些話刻意準備些什麼嗎？怕我不能接受什麼嗎？」

是呀，是沒有。我心裡想。

就是介紹，就是為了找尋自己的答案，也真的從沒想過H是不是能接受。

我是這樣想的，不要照著最初新四國遍路之旅的順序，反正我們也並非所謂的真言宗信徒，就是從一處石佛走到下一處石佛。

我們肩並肩沿著山路前行，經過的無非是陌生卻親切的路人，陽光下或細雨間，大家都懷著各自的想像，在山野間完成內心或大或小的夢想。

我和H也是懷著各自的夢想，多年不見，此時卻走在同一條巡禮的路上。

「還記得嗎？高中的某一天，妳說要我陪妳到操場埋個東西，」有嗎？我實在想不起來，「一句老師的屁話，哈哈！妳拿了他改的一張考卷，然後剪成一坨狗屎的樣子，然後選了一處角落埋了起來。」

「看來我們都喜歡一些儀式來度過什麼難關吧。」H若有所思地踩了踩地上一坨乾了不知多久的狗屎。

發出了一百七十餘個問號？你有自己的答案嗎？

在前往第一番和第二番石佛安座的臺北天后宮前，我們循著仰德大道慢慢下切臺北盆地。我們分享了生命中一些莫名其妙卻彌足珍貴的儀式，包括我給學生們設計的一些儀式，什麼升高三入關前下水儀式（其實是去八仙樂園玩水啦）、成年禮、騎單車外宿轉大人儀式等等。

臺北天后宮第一番石佛及弘法大師像。

「每個儀式，其實妳都為了讓學生相信些什麼吧？」H突然發現了什麼般，嗓門突然大了起來。「不然，妳都是作戲喔？如果真的是作戲，妳怎麼還會演了這麼久的老師？這戲很難演吧，要在這麼多桃子李子面前怎麼演得像？」

H的話倒是讓我驚了一下，難道我只相信自己對他人的真心？卻毫不猶豫地懷疑他人對我的真情？

這一路我們倒是沒說什麼，實在是仰德大道的馬路走來也是險象環生，這應該不是日治時期當初的感覺吧。不像當初遍路者靠的是行腳，現在至少餓了就有小七，累了想搭交通工具任君滿意，剔除肉身的艱困，內心帶著尋找生命之路的答案，那種渴切，不知是否會有所增減呢？

自己一路向H發出了幾個問題，他倒是很豁達，說咱們就不妨在這次的「二十一世紀新臺北遍路巡禮」找到答案的靈感吧！

我想起屈原的《楚辭・天問》，他可是在這篇中發出了一百七十餘個問號。甫一開篇，就直抵我自小至今都為之好奇的問題：宇宙到底是怎樣生成演化的？天地到底是如何形成的？天地有沒有開始的時間，又有沒有終結的時候？天地生成一切都混沌迷濛嗎？究竟誰能回答這些疑問呢？是誰在暗地裡安排著晝夜的交替？它又如何控制晝夜的時間呢？陰陽更迭無已，萬物生滅不息，這一切又都是依憑著什麼呢？傳說天有九重高，到底又是誰去度量出來的呢？即便真有此事，如此浩瀚的工程，誰又是築成的那個神祇呢？

〈天問〉 屈原（節錄）

遂古之初，誰傳道之？
上下未形，何由考之？
冥昭瞢闇，誰能極之？
馮翼惟像，何以識之？
明明闇闇，惟時何為？
陰陽三合，何本何化？
圜則九重，孰營度之？
惟茲何功，孰初作之？

接下來他又探索著太陽運行的軌道、月亮的週期、天體星辰的構造規律、白晝與黑夜的週期性變化、南北極、北斗七星等大哉問，一位三千多年前的詩人，為何不只關心眼前的家國愁思，甚至個人死生，對天地生成，萬物萌發的造物主發出如此大的問題呢？

在屈原所處的歲月裡，到底是個什麼樣的世界？

發出了一百七十餘個問號？屈原你有自己的答案嗎？

如果你找到了，是不是歷史裡的汨羅江就不再是你的葬身之所呢？

我問H，學理工的他笑笑著說，在他的想像裡，在這個世界還沒有走到科學與醫學發達的時代，人們所意識到的世界，應該就是只有神可以解釋所有現象的世界吧？在祭祀者的眼裡，也是神能主宰一切，統治一切的。至於屈原為什麼還會有丟給天上的神那麼多疑問呢？

「應該是他的努力，神都沒有給予正面回應吧？」H若有所思的低著頭。

圓山臨濟護國禪寺。

〈天問〉　屈原（節錄）

薄暮雷電，歸何憂？
厥嚴不奉，帝何求？
伏匿穴處，爰何云？
荊勳作師，夫何長？

〈天問〉到了最後，便是向大時代的發問。傍晚時分雷鳴電閃，想要歸去有何憂愁？國家莊嚴不復存在，對著上帝有何祈求？伏身藏匿洞穴之中，還有什麼事情要講？楚求功勳興兵作戰，國勢如何能夠久長？這已經是最無助的呼告了，這不再是尋求答案的疑問，而是呈現對沒有神祇庇佑的心靈所透露的徬徨無奈。獨立於蒼茫天地之間，眾人皆醉我獨醒的屈原，走到生命這樣的踽踽獨行，問世人，問漁父，只怕都是懶得理他，只好一一向老天爺叩問了吧！

「高中課本教的。其實我對屈原是很有意見的！」他又補上一句。

還好我和H還有一大段路要走，還有很多時間可以讓我們好好彼此發問，互相分享一些怪問題。

走著走著，我和H來到捷運圓山站前，這裡有座西元一九〇〇年始建的寺廟，舊名「鎮南山護國臨濟寺」的「臨濟護國禪寺」，

山門旁有石階可前往後山，拾級而上有石雕、石碑等，並通往萬靈塔，寺方在塔外保有臺北新四國八十八所靈場最初設置在此的第十一、十二、十三番，還有六尊來自芝山岩與北投星乃湯山邊的石佛，第十一番藥師如來、第十二番虛空藏菩薩、第十三番十一面觀音菩薩、第十六番千手觀音菩薩、第十八番藥師如來、第七十五番藥師如來、第七十八番阿彌陀如來、第七十九番十一面觀音菩薩、第八十番十一面千手觀音菩薩共九尊，每一尊都有師父天天上香，天天整理四周環境。

然後我和H又前往劍潭雞南山麓正願寺，這裡在後山邊坡集體安座著七尊石佛。每一尊都在戶外排排坐，安閑而靜穆，但有些不輸於第八十八番藥師如來石佛的置身紅塵之外。離開此處，復前往在臺北捷運西門站六號出口，沿成都路前行不遠處的弘法寺，也就是今日所說的臺北天后宮。

圓山臨濟護國禪寺內第十二番石佛。

遇到一個值得相信的時刻，我會相信嗎？

臺北新四國八十八所靈場是於日治時期由鎌野芳松等真言宗信徒創設的靈場，也稱為臺北四國八十八所石佛。大正十四年（一九二五年），鎌野芳松等真言宗弘法寺信徒為了祈求同胞幸福、臺灣繁榮而發願創設「臺北新四國八十八箇所靈場」，其構想源自弘法大師空海在四國開創的「四國八十八箇所」，並擇舊曆三月二十一日弘法大師入定之日舉行開眼供養法會。當時巡禮的第一站就是此處。

弘法寺，歷經了戰後日籍僧侶遣返，正殿改奉媽祖，一九四八年改名新興宮、一九五二年天后宮，以及木造寺舍因鄰近舞廳大火的延燒導致全毀，以至於重建為閩南式寺廟建築等。此處供奉的石佛是四國八十八所靈場第一番竺和山靈山寺主祀的釋迦如來，目前還供奉了第二番阿彌陀如來。

H對中式庭院裡一些擠在一起或大或小的石佛們充滿好奇，沒想到當H進了正殿看到供奉著天上聖母，左殿則是一尊趺坐的弘法大師像，庭院另一側居然還有一尊面部黧黑、頭戴菅笠、手持金剛杖的弘法大師青銅像，H忍不著笑了出來。「這不是天后宮嗎？怎麼裡面的神佛這麼熱鬧？有媽祖、土地公，還有兩個一坐一站的日本真言宗弘法大師像？」

我告訴H，別看這裡神祇環伺四周，這裡熱鬧，但不好找，每每經過這裡，不注意總是會忙著欣賞街道兩旁的商家，而終至錯過廟門。不大的廟門，躋身在熱鬧的西門商圈，一旦看到這裡，踏進香火鼎盛的世界，才知道這裡擁有多少的歷史興衰。在神祇的世界裡，沒有國度，一概包容。

我和H終於來到此行的最後一站了，這樣的感覺很特別，此番二十一世紀新臺北四國八十八番巡禮，原屬於日本殖民時期對宗教信

仰的朝聖之路，此刻的我們，走在殘存的宗教符號之間，有些時代新意在其間隱然成形，有些神秘的信念依然未隨時光散去。

此刻的我追求著一種孩提時最初的相信，想像著淡粉色鉛筆握在手裡的感覺。對H而言是什麼呢？此刻是結束在歷史上的起站，還是終點？

對我而言，卻是想開啟歷史的某處黑洞，通向美麗的想像，模糊卻又彷彿觸手可及。

如果真的走到了彼處，遇到一個值得相信的時刻，我會認得嗎？我會相信嗎？

歷史上遙遠的起點，充滿了想像，人類初始對神秘時空的想像是什麼？我讀《楚辭・九歌・東皇太一》給H聽，這樣美好的情境是純然歡愉的相信，投身於這樣的相信，大自然的一切是不是都充滿著可以對話的寄託呢？

《九歌・東皇太一》

屈原

吉日兮辰良，穆將愉兮上皇。
撫長劍兮玉珥，璆鏘鳴兮琳琅。
瑤席兮玉瑱，盍將把兮瓊芳。
蕙肴蒸兮蘭藉，奠桂酒兮椒漿，揚枹兮拊鼓。
疏緩節兮安歌，陳竽瑟兮浩倡。
靈偃蹇兮姣服，芳菲菲兮滿堂。
五音紛兮繁會，君欣欣兮樂康。

我解釋給H聽，這首〈東皇太一〉是《九歌》的開篇詩歌，其詩自始至終只有對祭禮儀式和祭神場面的描述。它是這麼說，「在這良辰吉日，我用恭敬肅穆的心情來祭祀東皇太一，這位至高無上的天神。我手輕持著用玉裝飾的長劍，腰掛著美玉，四周萬籟俱寂，玉石敲擊的微聲都是如此的清晰。底下是瑤草製的蓆子，用玉石鎮著，旁邊還有著滿把的鮮花。用蕙草包裹著菜餚，底下墊著馨香的蘭花，奠祭的還有桂枝及花椒釀製的美酒。我揮動著鼓槌打著鼓，跟隨著緩慢的節奏，伴隨著柔美的歌聲。列隊的竽、瑟等樂器在此時合奏著，聲樂家也一同高聲歡唱，神靈們降臨人世，伴隨著舞師們婆娑起舞。舞師手持的香花，耀動著華美的服裝，濃郁聖潔的香氣瀰漫著殿堂。樂師們彈奏著美妙的交響樂，神靈為之喜悅，賜與眾生們快樂與安康。」

在王逸《楚辭章句》寫道：「《九歌》者，屈原之所作也。昔楚國南郢之邑，沅湘之間，其俗信鬼而好祠；其祠必作歌樂鼓舞以樂諸神。屈原放逐，竄伏其域，懷憂苦毒，愁思沸鬱，出見俗人祭祀之

禮，歌舞之樂，其詞鄙陋，因作《九歌》之曲。」朱熹《楚辭集注》介紹這首〈東皇太一〉是這麼認為：「此篇言其竭誠盡禮以事神，而願神之欣悅安寧，以寄人臣盡忠竭力，愛君無已之意，所謂全篇之比也。」王夫之《楚辭通釋》則言：「太一最貴，故但言陳設之盛，以儌神降，而無婉戀頌美之言。」

此詩篇幅不長，但卻生動地描述了一場祭祀樂舞（應是巫舞）的盛況，極為細緻生動，即使是三千多年前的詩樂，感覺如在眼前。詩在開頭就描述了這場祭祀典禮選在良辰吉日舉行，接著主祭者登場，他主持祭禮時的狀態非常恭敬肅穆：「撫長劍兮玉珥，璆鏘鳴兮琳琅」。隨著他的動作，配在身上的玉石也發出了聲響，即使玉石相擊聲應該非常微小，亦步亦趨的隨著主祭者的腳步，清脆絕然，清晰若眾人虔敬之心。以如此細膩的聲音體現祭典現場的莊嚴肅穆，連玉石的一點微聲都成為典禮不可或缺的重要節奏。

接著以精心備齊的豐盛供品，規模盛大的擺設，隱約也透露了百姓虔誠的心意，以及祭祀大事在一般老百姓心中的不可取代。

下一段主祭者敬酒之後，典禮便開始熱鬧起來，樂師擊鼓，伴隨著竽、瑟等樂器的伴奏，合唱隊伍高聲合唱。之後舞師也加入了，他們身穿華美的服飾，手持香花翩然起

劍潭雞南山正願寺山坡石佛群。

舞，將典禮帶來了高潮，在這歌舞聲中神靈也彷彿一同起舞，儀式結束後，祈願神靈感受到眾生的虔誠之意，賜福於世，欣欣向榮，康樂平安，典禮在此圓滿落幕。

位於溫泉飯店內的第七十番石佛。

H說，還記得高中讀的《論語》裡有一段故事，和我分享的《楚辭・九歌・東皇太一》裡重視儀式感的細膩虔敬很接近，「裡面的故事好像是這樣說的吧，孔子的學生子貢想在祭祀時略去宰殺一頭活羊的祭禮，他請示孔子，孔子卻說：『子貢啊！你愛惜羊，我卻愛惜祖先留下來的禮儀呀。』孔子那時候一心一意維護禮制的祭品，心繫著不可任意省去。那也是儀式的另一種意義吧，除了祭祀本身，還有祭祀者與參加祭祀的民眾全然的尊重，與全然相信的心意。」

H說想到小時候給了我那枝淡粉色鉛筆，真的不是開玩笑的，「我當時在垃圾桶撿到它時，真的相信它會帶給妳好運，年紀小，看到一堆垃圾裡它就是那麼不同凡響。現在的我當然不可能這麼想了。我一定會乖乖的去文昌廟給妳求一枝文昌筆，再雙手奉上給妳啦！」

「真的嗎？你真的覺得它會帶給我好運？才怪！」我瞪了H一眼，但似乎開始對我們的友誼產生了莫名的改觀。

給你一雙翅膀

以原本日本「四國遍路」徒步朝聖之旅的宗教文化軸線來看，全長一千一百四十二公里的遍路，依四國四縣分為四個道場，各自有其不同的意義。阿波國之靈場是「發心之道場」、土佐國之靈場是「修行之道場」、伊予國之靈場是「菩提之道場」、讚岐國之靈場是「涅槃之道場」，一步一腳印，一路盡是自我身心靈努力接近「頓悟」境界的修行。當初來臺灣的日本人離鄉背井，將這四國四個道場佈置在臺灣各處，麻雀雖小，五臟俱全，要的不是形式，而是心靈的歸宿。

我和H的友誼也有一些說不出來的神秘連結，從我對他一枝筆的相信開始，到莫名的消失帶走我對他的信任，那種從心裡消失的信任，是我生命裡難以理解的損失。

空洞的完成一段一段的人生旅程，然後呢？就像H說的，一張張考了滿分的考卷，不過是背出來的，是考上好學校好工作的手段。

但你真正相信什麼？

位於北投龍雲寺內的第八十一番石佛。

天地之間，我也是這樣活著的嗎？和自己聊得夠開，但就是不可以觸及真心嗎？

沒有信仰的靈魂，沒有相信的人生，連和自己的交往都可以這樣打哈哈嗎？

透過這次儀式般的旅行，我帶著屈原，回到先民最初的信仰，想像著那將自己交託給神的全然歡愉與全然憂傷。沒有樂師伴奏，祭品供奉就是溫飽自己，這段路實在算不上完整的朝聖之旅，我和H也不是真言宗的信徒，追求的也不是四國四個道場、四個境界的人生體悟。「所以，我們也走不到從發心到涅盤的完美天堂囉，」H在天后宮對面的老天祿邊啃雞爪，邊好整以暇對著我傻笑。

從北投真言宗石窟建築群走回臺北天后宮，沿路經過的八十八番石佛也已非當初八十八番石佛安座的原址，這二〇二二年的朝聖之旅

不是一到八十八的連連看，也不是日本四國境內八十八處與弘法大師有淵源的朝聖之旅，更非平安時代修行的僧侶巡遊弘法大師足跡逐漸形成的「四國遍路」。

不過，此番走在路上時，自己的腦子裡不時會閃過各種念頭，這些念頭隨著一段連結著下一尊石佛的路途間，一一都和H說了開來，雖然不是完整的朝聖之路，倒也印證了這人世間本來就沒有天堂，更沒有完美無缺的殿堂。

相信是一雙翅膀，可以連結的不只是一到八十八。

連結關係的殘破斷裂，人世之間的黑洞，就像山鬼與人之間的無法企及，可以是遺憾，更是失落，亦可以是唯美與浪漫，「不知道其他的石佛都去了哪裡呢？原來的我和妳的這段人生路，想想倒也有些意思呢。」H若有所思的笑著。

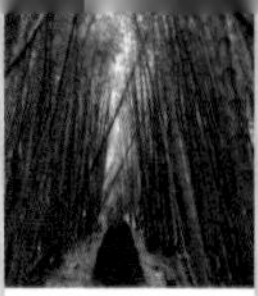

二、在曠野裡：新高山與史記

心的風景點‧非非心理小測驗

當與你同行的友人在你耳邊告訴你，「待會兒我們轉個彎，就會走進一大片的曠野，你會看到意想不到的景象喔！」這時，你希望走進曠野裡，迎接你的風景是什麼？

❶ 請依直覺，從以上四個選項中選一個。

❷ 選好一個後，從所選的選項由下往上走，遇到橫線就轉彎！

阿里山森林遊樂區

你是個喜歡在生日願望裡加上「世界和平」的人。在與人有不同意見時，你喜歡選擇聆聽、理解，然後找到不同的視野給予欣賞與鼓勵，並說出自己的看法，不會立刻否定他人。你非常適合前往「**阿里山森林遊樂區**」看日出，那樣美好的視野與破雲而出的晨曦，絕對是因為你懂得享受等待的過程。

登玉山山頂

你是個懂得享受，把握當下美好的人，不會過度期待看不見的未來，你相信當下的辛苦、當下的汗珠都是明日的珍珠。你非常適合「**登玉山山頂**」，不管是從鹿林山、麟趾山、塔塔加鞍部，到達玉山登山口，或是從八通關越嶺古道進入玉山，選擇一日單攻，或是幸運中籤住山屋隔日登頂，你都能享受來到玉山山頂的樂趣。

石棹步道群

你是個對未知充滿好奇的人，你會嘗試各種算命的方法，不見得相信結果，但就是對各種徵兆、意象的連結充滿興趣。你非常適合前往阿里山公路中的「**石棹步道群**」，沿途經過霧之道（原石棹步道，長880m）、茶之道（長1030m）、雲之道（原杉林步道，長700m）、霞之道（長530m）、櫻之道（長990m）以及愛之道（長1040m）等六條步道，每條步道呈現的人文地景不同，風貌各異，滿足你不同的心靈想像。

特富野古道

你是個非常念舊的人，感情豐富的你會特別珍惜生命中值得紀念的人事物，但不是濫情，而是珍視記憶裡能和自己對話的美好時光。你非常適合前往舊稱水山古道的「**特富野古道**」，這裡原是鄒族人早年開闢的獵徑，同時也用於通婚、探親或與異族交戰的道路，到了日治時期，古道的後段改建成為運送林木的「水山線」鐵路。古道有兩處入口可以選擇，一處是自阿里山鄉和信義鄉交界處的自忠進入，另一處則可以從阿里山特富野部落進入，不管哪一處，都能滿足你思念懷舊的深邃感。

如霧的記憶

四月以來，相同的夢一直出現。夢裡有一個年輕人，我看不見他的臉，只看見他的背影。

一直走一直走。一天一天的走，從夢裡走到下一個夢裡。有時中間幾天會夢到其他的場景，夢醒時覺得這些夢既然與他無關，他已經不會再出現了吧？

但是來到白日，醒在我的生活裡，他又繼續行走，走在生活裡，大地四方。

有時是捷運手扶梯上，有時是踽踽獨行的山徑前，依然是他的背影，一個背包，左邊插著大大的水壺，右邊一把摺傘。帽子依然是有緣邊的深色遮陽帽。雖然置身陌生人群裡，依然一眼就能辨識他。因為他走得很慢很慢，不時東張西望，就像我夢裡的他。

等到夜晚，等他從其他的地方旅行回來，就會繼續走在我的夢裡。白日裡，夜晚間，自己的生活。因為他，一切銜接得這麼自然。

有時我在城市裡，被一群人簇擁著向前，像一條溪流裡的落葉；有時，我在山林裡，一陣風一片雲輕輕流逝，像城市裡我的腳步。我不確定自己的場景裡有多少是真實的我，在城市的落葉裡，我彷彿走在曠野；而在幽靜山林裡，又彷彿熱鬧的讓我目不暇給。我都在駐足，都在發現，也都在時間的河裡漂流著。

有時早上才在霧樣的森林裡，搭上火車，一轉眼，城市的夢又將我喚醒。

好像是斷裂的記憶，各自在各自的版圖潑墨或寫實，但我總是持續著繼續走、繼續走，卻無法確定，究竟是誰帶著我連結這一切？

直到我的夢裡，開始遇見了他。

他在我的夢裡，走進夢裡，也像是走進一片曠野間。

有時，也是走在我的夢之上。那是一夜無夢，我靈魂的曠野。

我很想看清楚他究竟是誰。

直到開始不再夢到他。他的模樣一直是個謎。

白天我繼續看見他，他幻化成任何身影，延續著白日黑夜，時間的河流。那些努力前行，衝破未知的身影，都有著夢裡屬於他的軌跡。

「本入口意象設計意涵乃紀念鳥居龍藏及森丑之助臨時起意，於原住民協助下，一九〇〇年四月十一日完成臺灣歷史上從西稜首登玉山的壯舉」，那夢裡的文字，此番來到這裡。一切，開始又有了連結。

此處為日治時期阿里山攀登新高山之入口景象。

如霧般，逐漸清晰
的記憶。

我看見他走在遠方
的密林，看不見他的足
脛，只有及腰的草叢。
他的身後是我即將前行
的山徑，一階階鋪好的
石板路。

我們是走在同一條
路上。

我知道他還在我的
夢裡潛行。

奮起湖老老街。

文明中線消失的奮起湖

清晨五點，奮起湖老老街前已經看不見山了。

大雨將至的模樣。

「還要前往玉山嗎？」同行的友人們試著詢問我的態度。看來如果我不堅持，他們應該並不期待與大雨搏鬥的山徑。

昨晚手機氣象App說得沒錯，清晨百分之五十，「那中午以後降雨機率可是百分之九十喔，」友人A滑著手機，臉上的笑容和降雨百分比居然成正向發展。看著門口唯一的路燈還亮著，「走，中午以前還有百分之五十的希望！」我們很有默契的各自背起行囊。

和友人們說，我想去玉山。

友人F說，上玉山是要準備的，友人H說，上玉山是要紅景天的，友人B說，上玉山是要抽籤的，「我們又沒有抽中！」友人A敲了敲我的頭。

我想現在出發，走到哪裡算哪裡吧，我說。像做夢遇到的那個年輕人一樣，他也是這樣告訴同行的友人。在那之前，從來沒有人從這一條路走向新高山的。

他是為了什麼離開為他遮風避雨的家？

新中橫公路上玉山國家公園界碑。

大雨也許會驟降在我們即將行走的山徑，可能是非常惱人的雨勢。如果出太陽多好！但我又是為了什麼離開為我遮風避雨的家？我告訴友人們我的夢裡一直有一個人，我想跟著他，尋訪他的名字。但那個名字並不長居在舒適的家裡。

我在期待什麼？期待一個並不長居在城市的夢？我又在逃避什麼，逃避自己那些根深柢固的文明與答案嗎？

那天在阿里山森林遊樂區，我遇到一九〇〇年四月的鳥居龍藏和森丑之助，當晚回到家，我又夢見了那個年輕人，繼續在夢裡走著。我想那山上一定也有他留下的名字，我想繼續跟著他，走他走的路。

一九〇〇年的鳥居龍藏和森丑之助也說要去玉山。於是，就在嘉義臨時起意上玉山。即使身邊的原住民說沒水沒糧食的怎麼上去，而且過了阿里山，就不曾有過登山甚至原住民居住的紀錄！

但是他們倆好像也從沒什麼猶豫。

興起了念頭，他們倆就走了一條前人不曾走過的路。

我和友人們離開奮起湖老街，驅車前往濃濃的霧裡。臺十八線蜿蜒的路徑沒有呈現在眼前，不是如常的風景，連安全的雙中線都不知跑到哪裡了。開車的L忍不住大罵了幾聲（消音中），我聽懂他的咒罵，翻譯下來應該是，「根本罔顧老百姓的身家安全，該有的文明設施都去了哪裡？」是呀，我們是從文明的世界來的，怎麼連行走在危險的霧裡都沒有應該的防護設施呢？

這裡是奮起湖，海拔約一千四百公尺，三面環山的阿里山森鐵小鎮，臺灣話稱山坳地為「湖」，奮起湖中的「湖」即為此意。當地實際上沒有奮起湖這座湖泊，不時飄至的雲霧，整座山城便與大自然融為一幅山水美景。從臺十八線阿里山公路中和支線進來，蜿蜒的山路需要開上近二十分鐘。行徑其間，這座山城並不會熱情開朗的向你揮

手，小小的聚落，只一點點霧就躲回山林。當你悵然若失，它又靜靜的在你四方陪著你。

我是城市人，習慣著馬路的明顯標誌，那讓我有安全感。此時清晨臺十八線的中和支線上卻莫名其妙地看不見馬路中線標誌。L倒是罵完之後完全安靜，定睛專心盯著前方的霧，看過去還是沒有任何的路標，還是只有濃濃的霧，「L到底看到了什麼呀？」我小聲的問了A，「不知道ㄟ，感覺就是等對向來車的黃燈，然後才判斷要離他幾多遠吧！」A其實也挺緊張的。

好像走在空無，也是可能的天堂之路。此番前去，我是要追尋森丑之助與鳥居龍藏的路，他們前去玉山也是無人行過的路，不管有沒有霧，他們是走在前人不曾踏過的山裡。

連所謂的文明都沒有，而山裡的一切，正等待著他們去發現。

甚至無從定義人們口中所謂的文明。

祝山觀日步道入口意象。

從西稜首登玉山的人

那是一次偶然，我來到阿里山祝山觀日步道旁，開始掉入無限深遠的時空隧道。

記憶裡的阿里山風情萬種，連結自己的故事可以有迴然不同的地景，不論是祝山觀日、森林鐵路，或是好吃的奮起湖便當，自有記憶以來，阿里山就長成一副必須買票，值得買票的文明地，是一處幫你規劃完善，適合樂遊的森林遊樂區。

直到發現沼平車站，祝山觀日步道前立著一塊石碑，

「本入口意象設計意涵乃紀念鳥居龍藏及森丑之助臨時起意，於原住民協助下，一九〇〇年四月十一日完成臺灣歷史上從西稜首登玉山的壯舉」

不是屬於你們的記憶吧？此刻的我是在這裡發現了夢裡的一切，發現自己走在你們曾經走過的路上。一切都創建的非常完善，修護的工程是為了讓人們安全前往觀日的祝山車站，不過，我試著再往前，來到祝山，玉山就在不遠的前方，但就是無法順遂著與你們行走在相同山徑。

因為修整的公路與開發的文明，讓蠻荒的連結必須終止。

蠻荒擁有自己的時間。

彼時的一九〇〇年還沒有沼平車站，是一處曠野吧？是我夢裡有你們的那一片景象嗎？

因為那時阿里山還沒有森林鐵路，山上的神木還靜靜生長在時間裡。你們第一次來到這裡，而這裡，也是第一次有人決心從此處繼續走前去，走向眼裡不停召喚的新高山。

我開始追著你們，用手機離線地圖，比對著你們的書信，然後再一一請教研究阿里山及玉山的朋友們，試圖串連文明斷裂前的一切。我困在文明裡，困在工具裡，你們的一切我試圖繼續看見，卻又渺渺茫茫。

我想在你們的夢裡醒來，看清楚我自己看見了什麼。

這條由沼平車站通往祝山的觀日步道，如果沒有人工規劃的森林遊樂區，其實一九〇〇年四月是可以從祝山一路登臨玉山主峰的。友人任職阿里山工作站，他堅定的告訴我。

這是一條發現之路。一條好奇、發心、堅持，爾後登頂之路。

我瘋狂地尋找你們可能留下的足跡，甚至是隻字片語，而我這個活在公路發達的現代人，一個已經習慣Google map搜尋的健行者，如何回到一九〇〇年，回到沒有網路與地圖的曠野之地？

我站在沼平車站前，這裡是昔日阿里山森林鐵路水山支線的起點。

水山支線原名林內線或兒玉線，由沼平車站通往塔塔加東埔，特富野古道的前半段就是其中的路段。建於西元一九一四年的沼平車站，於大正三年三月開始正式營運，後歷經改建，現在的新站於二〇〇一年四月正式啟用。車站附近還有特別規劃設計的阿里山詩路步道、天空步道、櫻之道、阿里山生態教育館、臺灣一葉蘭生態故事館等觀光景點，只是一般人並不知，這裡其實也是水山支線鐵路的起點。為復建日據時代阿里山森林鐵路支線東埔線部分鐵道，現沿警光山莊走舊鐵道，已修建為人們口中的水山步道。

然而，一九〇〇年四月的你們，當然不是走在鐵道旁的方便小徑。

特富野部落。

打開楊南郡在《生蕃行腳》（森丑之助著・楊南郡譯・遠流）一書對森丑之助紀錄此段的翻譯與註解，「森氏一行沿著水山、石山、鹿林山的稜線前進。所謂Yabunaya山稜，指的就是這條延伸到塔塔加鞍部的稜線。」「五萬分之一舊《蕃地地形圖》顯示一條古道，由知母勝社（特富野社）循著水山、石山、鹿林山的稜線伸到塔塔加鞍部。」

我想，從特富野古道一路走來，我們夢境的方向是相近的。

敬啟者：

收信平安。

本人自從一月以來，和鳥居龍藏氏一起進入臺灣南部蕃地進行人類學調查。……。三月一日，在關山的半腰展望到覆蓋著皚皚白雪的新高山（玉山），映照著旭日光輝，確實是世上罕見的一幅絕景。

三月十五日下山到臺南，隨即趕到嘉義方面，調查阿里山蕃（阿里山鄒族）。三月三十一日午後三點抵達達邦社（Tapangu），正好下著直徑一公分的冰雹，覺得很新奇，就向蕃人查問，蕃人說降冰雹是少見的。今晚下起雨來，有點像冰雨。……。

四月四日午後，連日下個不停的雨已停，天色似乎有放晴的模樣，所以午後三點從達邦社動身。

我們先設渡知母勝溪到知母勝大社（Tufuya 社，今譯特富野）。從達邦社到知母勝大社只有一日里的距離。達邦社內設有「嘉義辨務

署出張所」，幸而有出張所的一位主記池端氏陪同，今夜宿於知母朥大社公館。牆柱上掛著數百個髑髏，由於連日下雨而帶有濕氣，發出一種撲鼻臭氣，實在令人難以忍受。

次日是四月五日。清晨，一行人帶著四名雇用的蕃丁往濁水溪方面（指濁水溪上游的陳有蘭溪）出發。……。

過午以後開始下雨，同時颳起強風。這裡海拔高度更高，越過樟、櫟樹林帶後進入鬱蒼的巨大杉林中，在一棵老樹的洞穴內休息片刻繼續爬行，午後三點多發現一間蕃人搭建的小獵寮，準備在這裡過夜。今天走了五日里半。

四月六日，晨起發現天色陰暗，但夜雨已歇。……。

午後兩點多已到達楠梓仙溪與濁水溪的分水嶺。這個時候霧才散開，彷彿可以望到新高山的絕頂。……。

我們從 Yabunaya 山北側，沿溪下行約半日里就遇到另一條溪，過溪後遇到了東埔社蕃人的獵寮，決定在此過夜。……。

四月七日，……。我們原定快速下山到東埔社，……。今天早上我和鳥居氏醒來以後，忽然改變初衷，興起攀登新高山的野心。……。這時候，我們已無法瞞著蕃人，忍不住地向蕃人透露由此登新高山的意願。……。

隨行的阿里山蕃堅持要我們走直接通往東埔社的路，拒絕登新高山。……。

隨著旭日上升，朝霞似的晨霧逐漸散開了。我們三個人步出獵寮，……。夜晚時分再啜飲一頓小米粥，雖然飢腸轆轆，幸好有明月相伴，寂寞的旅情得以紓解。……。

今天是九日，是登高的日子，天未亮就起床煮飯，吃過飯後穿好草鞋就出發了。破曉時分爬上南邊的分水嶺，旭日剛剛從新高山的側面升起，繞過 Yabunaya 山的山腰前行，……。

踩著不定時流瀉的碎石流，用手抓住草根，氣喘吁吁地攀上數百公尺高的斷崖，上攀的時候，要通過長滿野棘的灌木叢……。

蕃人所稱的 Yabunaya 山脈是起自「阿里山草地」，延伸到新高山前峰的一條山稜，沿著這條山稜可以攀上新高山。一行人在遍佈荊棘的灌木林中吃午飯……。

沒有多久東方已白，今天是四月十日。

……。四月十一日。今天預定要登上絕頂。……。最後於十一點三十分登頂，大家歡呼「萬歲」三次。氣壓計顯示三九〇一公尺。

（選自《生蕃行腳─森丑之助的台灣探險》森丑之助著，楊南郡譯．遠流）

石棹步道群。

為了紀念這次的新高山登頂，鳥居龍藏也曾寫下留言，置於新高山頂：

明治三十三年四月五日，自嘉義管轄下的知母朥社出發，由劉闊及五名知母朥社蕃人隨行，先橫越阿里山草地，於四月六日抵達Yabuguyana山，海拔二千三百公尺處露營。七日及八日連續在此露營，增雇二名東埔社蕃人以後，於四月九日自露營地出發，經Yabuguyana山的東邊，終於今天登上新高山頂。一行人所走的路線，是國人足跡未到之處，而在攀登過程中，每升高五百公尺，都放置一面國旗，作為路標。尚未下山到東埔社以前，我們把本次登頂者姓名留在新高山頂，做為紀念。

明治三十三年四月十一日於新高山絕頂

依循楊南郡先生在《生蕃行腳──森丑之助的台灣探險》（森丑之助著．楊南郡譯．遠流）一書的譯文，我一心朝著你們的背影前行。無法回到你們眼裡的曠野，原住民口中無人居住的蠻荒，就沿著文明的阿里山公路臺十八線，從達邦社、特富野社、石棹步道群、一路前往石山、兒玉山登山口、鹿林山、麟趾山、塔塔加鞍部，到達玉山登山口。

這是一趟想像的路，也是一趟發現之旅。

阿里山森林鐵路。

司馬遷的多音交響

我們還在臺十八線濃濃的霧裡謹慎前進，看著前方。除了霧，看不見就代表一無所有嗎？

曠野，是一無所有的蠻荒之地嗎？在沒有被發現前，曠野裡的一切是怎麼開始的？一株草、一顆種子、一聲蟬鳴，生滅輪迴，誰能見證？

當有人開始不小心經過此地，發現這一切，「怎麼來的？」「為什麼會在這裡？」於是他駐足，開始想像。

是誰開始，給予它們名字，於是我們開始彼此呼喚，甚至區隔彼此？

於是他蹲下來，俯身靠近，採集、研究，與自己的經驗比對，發現這一切於他而言都是新的。即使他知道，在他之前，這片土地，以及生存其上的一切早已歷經幾多榮枯，超越了眼裡世代更替的永恆。

森丑之助。臺灣高山植物學名冠上「森氏（**morii**）」的至少有二十種，森氏山柳菊、森氏佛甲草、森氏柳、森氏杜鵑、森氏紅淡比、森氏唐松草、森氏豬殃殃、森氏當歸、森氏蕁麻、森氏菊、森氏薊、森氏苔、森氏櫟、森氏鐵線蓮、森氏鐵蕨、森氏毛莨、森氏古棉草……等；此外還有拉丁學名有**morii**而中文沒有冠上「森氏」的植物，粗毛懸鉤子（**Rubus morii Hayata**）、玉山耳蕨（**Polystichun morii Hayata**）……等。

那些留了名，卻不見蹤影的歷史軌跡呢？已經燒毀的嘉義火車站旁「玉山旅社」、成為檜意森活村的日治時期「營林俱樂部」，阿里

山一處從西稜首登新高山入口意象的設計等，拼貼與拼貼之間，我究竟在行走的空間裡看得見什麼，又透過想像連結了什麼？

我看見父親，童年的阿里山。我可以行走自如，即使在如霧的記憶裡，是時間連結了這一切嗎？

透過文學書寫，不論是虛構或真實，光怪陸離，光影迷離，我對自己以文字建構的時空充滿好奇。

嘉義火車站旁燒燬前的「玉山旅社」留影。

而人類學家、歷史學家、動植物家，各種研究者，他們因著某些牽引來到此處。此處的動植物發現、人類文藝思潮、書寫社群、時代文化與神話傳說，經由標本的採集、文獻的詮釋、記憶的訪查，或與當地原民一起追憶前塵，或與已逝傳主產生人文與歷史敘事的多重對話。每個人來到此處，在建立認

阿里山森林鐵路北門驛。

同的管道，和未來繼續來到某處時空的未來人，也和過去來到此處的生命試圖進行相似音頻的共鳴交響。大時代的歷史仍繼續延續，即使我們的形體必然退場，追索的蹤影卻繼續旅行。

這是認同、記憶與時空相遇的追尋。

從文字書寫，到追尋夢裡的那個身影。

而歷史的追索中，史料、現場、訪問、想像、重構，西漢史家司馬遷《史記》的撰寫，又是經歷多少次自我與時空的往返之路？

朋友說，阿里山的未來正在進行中。也許是重構日治時期森丑之助的玉山之路，也許是延伸其他歷史文字所提及的登山軌跡，還原可能的時空軌跡。拼貼與拼貼之間，復舊如舊？還是復舊如新呢？

司馬遷，以一支史家筆，是復舊如舊？還是復舊如新呢？是一次次的孤獨之旅，還是為自我尋求共鳴的壯遊之路嗎？他書寫的是

歷史，還是期待自己的思維能夠透過歷史，穿透古今，讓自己在未來繼續進行時空旅行？

從識字開始，從知道自己將承襲父親司馬談的史家之筆開始，與他所景仰的，及他所唾棄的歷史人物，一起乘著時光機，走過曠野，來到了今日。

如果文明的成果榮耀了一切，司馬遷的探險將不會開始。

空曠的原野，他選擇踽踽獨行。曠野的主人本是獸，他必受到非人的對待。

那是可以預想的結果，一般人是不會自找麻煩的，但是司馬遷，他可不是這麼想的。

他發現，孔子也是這麼行走在曠野裡。

曠野裡的《史記・孔子世家》

司馬遷是治學嚴謹的史學家，其有良好的家學傳統，《史記・孔子世家》所出現的孔子以及其弟子之言，也多從《論語》中能夠找得到。然而一部《論語》是語錄體，句句如雪花，其他如《孟子》、《荀子》記載了《論語》中沒有的言論，乃至其它先秦文獻中對孔子也多有記載。至於一些沒有找到相關參考根據的言論或行跡，我很好奇司馬遷是如何推斷其淵源呢？

祝山觀日出。

司馬遷在《史記・太史公自序》裡說出自己的答案。他說，尋究著自己的追尋，「網羅天下放失舊聞」，遊歷大江南北。

〈孔子世家〉是司馬遷《史記》中的一篇，詳細地記述孔子的生平活動及行誼，是研究孔子生平思想的最重要文獻之一。司馬遷的主觀思維與理想意念貫注其間，不言而喻，光是「孔子世家」這個篇名，就足以透視這位史家的執拗與堅持。

《史記》有規格化的體例，「世家」記世俗階級裡的「諸侯」地位，但是孔子一生並未貴為諸侯身，卻成為史傳裡的諸侯，你說，司馬遷到底想像孔子的影響力是有多麼深遠呢？

他在《史記・孔子世家》如史實般的現場直播著：

《史記・孔子世家》

司馬遷（節錄）

孔子知弟子有慍心，乃召子路而問曰：「《詩》云『匪兕匪虎，率彼曠野』。吾道非邪？吾何為於此？」子路曰：「意者吾未仁邪？人之不我信也。意者吾未知邪？人之不我行也。」孔子曰：「有是乎！由，譬使仁者而必信，安有伯夷、叔齊？使知者而必行，安有王子比干？」

子路出，子貢入見。孔子曰：「賜，《詩》云『匪兕匪虎，率彼曠野』。吾道非邪？吾何為於此？」子貢曰：「夫子之道至大也，故天下莫能容夫子。夫子蓋少貶焉？」孔子

曰：「賜，良農能稼而不能為穡，良工能巧而不能為順。君子能脩其道，綱而紀之，統而理之，而不能為容。今爾不脩爾道而求為容。賜，而志不遠矣！」

子貢出，顏回入見。孔子曰：「回，《詩》云『匪兕匪虎，率彼曠野』。吾道非邪？吾何為於此？」顏回曰：「夫子之道至大，故天下莫能容。雖然，夫子推而行之，不容何病，不容然後見君子！夫道之不修也，是吾醜也。夫道既已大修而不用，是有國者之醜也。不容何病，不容然後見君子！」孔子欣然而笑曰：「有是哉顏氏之子！使爾多財，吾為爾宰。」

這樣的三問三答，如現場網路直播的精彩對話，孔子與弟子子路、子貢、顏回的性格神情躍然紙上。究竟發生了什麼事，讓孔子發現跟隨弟子「有慍色」？

司馬遷如何在霧般的史料裡，重構一群曠野裡的儒者，還有那一片壯闊偉岸卻無情無語的大地？

走在前方的是踽踽獨行的孔子，司馬遷在行旅間裡看見了他，也看見默默相隨的自己。

寫下第一篇孔子傳記的同時，司馬遷是如何面對看不見的時空場景？

先想像曠野裡那人的形象之後，再隨那人瞳孔裡看出的世界，就是司馬遷筆下的世界嗎？之後的南朝宋劉勰，在《文心雕龍・序志》

裡，說自己看見了孔子，在夢裡，「**予生七齡，乃夢彩雲若錦，則攀而採之。齒在逾立，則嘗夜夢執丹漆之禮器，隨仲尼而南行。旦而寤，乃怡然而喜，大哉聖人之難見哉，乃小子之垂夢歟！**」七歲的劉勰，夢裡彩雲如錦繡般，便登上天際採摘。過了三十歲，又曾夢見自己手拿丹紅的祭器，跟隨孔子向南方走去。天亮醒來，非常高興地自言自語說：「偉大的聖人多麼難見啊！可是他竟然降夢給小子我啊！」

嘉義市定古蹟：「營林俱樂部」。

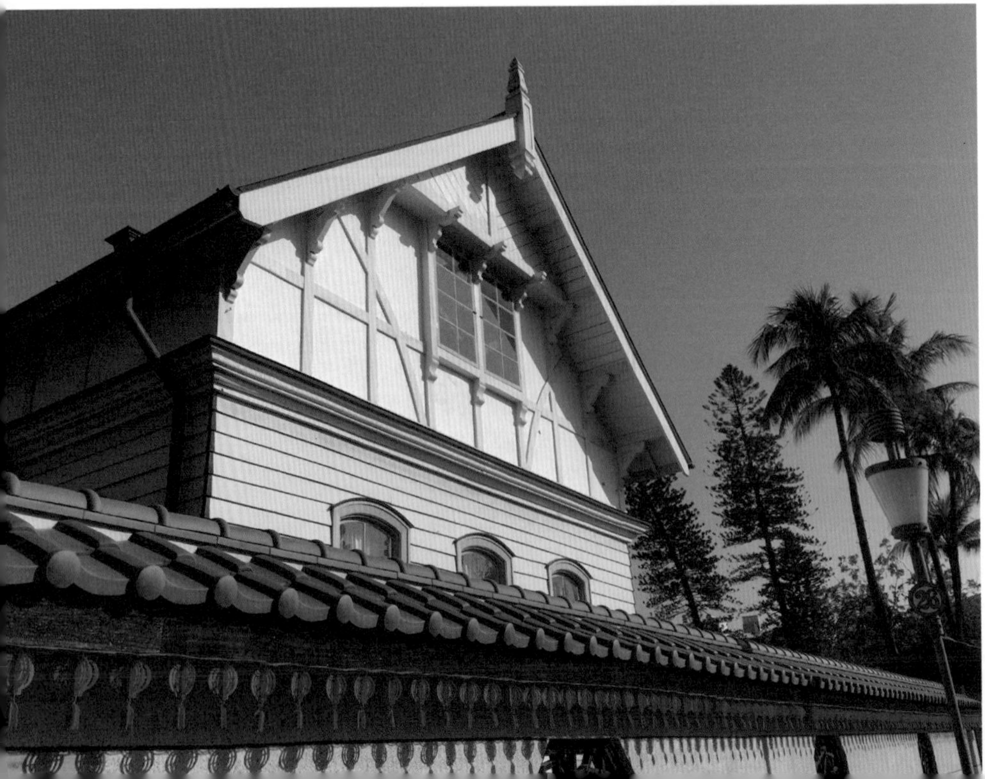

然後，劉勰便以《文心雕龍》一書成就了這個夢。

司馬遷對孔子有強烈的認同感，《史記・孔子世家》說：「余讀孔氏書，想見其為人。適魯，觀仲尼廟堂車服禮器，諸生以時習禮其家，余祇回留之不能去云。」司馬遷從閱讀孔子，壯遊魯地，追隨孔子一生行跡，以史為經，繪出孔子一生地圖。《史記・太史公自序》寫道：「正易傳，繼春秋，本詩書禮樂之際。」

於是他追隨孔子來到絕糧之地，重建當時的對話。

孔子引用了《詩經・小雅・何草不黃》的一段詩句：「匪兕匪虎，率彼曠野。」

《詩經・小雅・何草不黃》

何草不黃？何日不行？何人不將？經營四方。

何草不玄？何人不矜？哀我征夫，獨為匪民。

匪兕匪虎，率彼曠野。哀我征夫，朝夕不暇。

有芃者狐，率彼幽草。有棧之車，行彼周道。

詩人說，什麼草兒不枯黃？什麼日子不奔忙？什麼人不從征，往來經營走四方？什麼草兒不腐黑？什麼人不做鰥夫？可悲我這個出征打仗的人，不被當人只如塵土。我既非野牛又非虎，為什麼此刻要行在曠野裡？可悲我這個出征的人，白天黑夜不停歇。野地狐狸毛蓬鬆，往來出沒深草叢。役車高高載出征的人，馳行在曠野大路中。

是呀，身為弟子的子路不敢言，面有慍色，還是忍不住懷疑了，「為什麼老師您要帶著我們行在曠野裡？」

興建於 1914 年的營林俱樂部，
為仿歐洲 17 世紀都鐸式建築。

《史記・孔子世家》（節錄）

孔子遷於蔡三歲，吳伐陳。楚救陳，軍於城父。聞孔子在陳蔡之間，楚使人聘孔子。孔子將往拜禮，陳蔡大夫謀曰：「孔子賢者，所刺譏皆中諸侯之疾。今者久留陳蔡之間，諸大夫所設行皆非仲尼之意。今楚，大國也，來聘孔子。孔子用於楚，則陳蔡用事大夫危矣。」於是乃相與發徒役圍孔子於野。不得行，絕糧。從者病，莫能興。孔子講誦弦歌不衰。子路慍見曰：「君子亦有窮乎？」孔子曰：「君子固窮，小人窮斯濫矣。」

子貢色作。孔子曰：「賜，爾以予為多學而識之者與？」曰：「然。非與？」孔子曰：「非也。予一以貫之。」

原來在孔子與子路、子貢與顏回的對話前，孔子也周遊列國，遷往蔡國三年，其間正遇上吳國攻打陳國。楚國為救助陳國，將軍隊駐紮在城父。聽說孔子逗留在陳國和蔡國之間，楚國派人帶著禮物聘請孔子。

孔子正要前往接受聘禮，陳國與蔡國的大夫商量說：「孔子是個有才德的人，他批評議論的話都切中諸侯的弊端。如今孔子居住在陳國與蔡國之間，各位大夫執政的措施都不合孔子的心思。當今的楚國是個大國，來召請孔子。孔子被楚國任用，那陳國、蔡國掌權的大夫就危險了。」於是他們派人在曠野裡圍困了孔子。孔子與弟子們行動受到控制，沒糧食可吃，孔子依然講解吟誦，彈奏詩樂。

激動直率的子路終於忍不住，憤憤地來見孔子說：「君子也有走投無路的時候嗎？」孔子說：「只要是君子，即使困窘當前，依然堅定不動搖。而小人遇到困窘時，只會胡作非為。」

而子貢臉色也有所改變。孔子說：「端木賜，你以為我是博聞強識的人嗎？」子貢說：「是啊，老師難道不是這樣嗎？」孔子說：「錯了！我只用一個中心思想串連一切。」

孔子知道弟子們的不悅。餓了，慌了，行走曠野，非獸的身體如何與道德文明達成共鳴？

這是司馬遷，在前人未有一篇完整的孔子傳記時，他還原了孔子，選擇《詩經》裡的征戰曠野與孔子的心靈曠野對話。他不愧是史學家、文學家，甚至是思想家，讓孔子弟子們不同的懷疑、憤怒與肯定，勾勒出那一處又一處儒學受到懷疑的人性曠野。

當司馬遷離開了故鄉龍門，來到位居京城的父親身邊。司馬談要求司馬遷遍訪各地，搜集遺聞古事，網羅放失舊聞。於是，二十歲的司馬遷開始遊學四方，從京師長安出發向東南行，出武關至宛，南

下襄樊到江陵。渡江，溯沅水至湘西，然後轉向東南到九疑山。一窺九疑山之後，北上長沙，到屈原沉淵處的汨羅江憑弔，越洞庭，出長江，順流東下。登廬山，觀夏禹治水疏九江之處，輾轉到錢塘。上會稽，探禹穴。還吳，遊觀春申君宮室。上姑蘇，望五湖。之後再北上渡江，過淮陰，至臨淄、曲阜，考察齊魯文化，一觀孔子留下的遺風文化，受困於鄱、薛、彭城，然後沿著秦漢時期歷史人物故鄉，那楚漢相爭的戰場，經彭城，歷沛、豐、碭、睢陽，至梁（今河南開封），最後回到長安，來到時任太史令的父親司馬談身邊。

西元前九一年（徵和二年），司馬遷的《史記》一書完成。全書一三〇篇，五十二萬六千五百餘字，包括十二本紀、三十世家、七十列傳、十表、八書。

《太史公自序》是《史記》的最後一篇，也是司馬遷的自傳，留下了這位史學工作者的壯遊行跡。

《史記・太史公自序》司馬遷（節錄）

遷生龍門，耕牧河山之陽。年十歲則誦古文。二十而南遊江、淮，上會稽，探禹穴，闚九疑，浮於沅、湘；北涉汶、泗，講業齊、魯之都，觀孔子之遺風，鄉射鄒、嶧；戹困鄱、薛、彭城，過梁、楚以歸。於是遷仕為郎中，奉使西征巴、蜀以南，南略邛、笮、昆明，還報命。

桃園復興鄉角板山溪口臺地。

楊南郡先生說：什麼是學術上的發現？在學術的處女地敢於探索敢於研究的，就是發現。首次走進曠野的人，不管先來後到，這些新舊居民因為世局變化、政權更迭，齊聚於此，安身於不同的角落。它們象徵著臺灣這片土地，各個時代的變遷，也許是主流價值觀，也許這些紛雜的價值觀歷經時間淘汰、洗滌、沉澱，最後匯為構築今日臺灣時空的重要文化元素。

孔子在曠野裡弦歌不輟，顏回理解老師固窮不移的中心思想，然而卻不幸短命死矣。司馬遷堅守對父親的承諾，一枝史家之筆使其殘廢終身。森丑之助深入臺灣山林曠野，以多年對蕃族處境的認識，提出解決歸順問題的構想，建議由日本政府給予布農族人資金，使其從事造林及生產，在南投東埔山地建立類似自治區的「蕃人樂園」。

一九二六年七月三日，森氏買了一張船票，搭上從基隆開往神戶的「笠戶丸」，次日凌晨，跳海自殺。

從大嵙崁番地到流勝社、達邦社、知母勝社

一八九六年一月，森丑之助因公務前往大嵙崁番地（桃園復興鄉），這是森氏第一次進入臺灣山地，因而結識了大科崁山蕃總頭目Taimo Misel，從此他開始勤學原住民語言，踏上了他的蕃界人生。一九〇〇年，鳥居龍藏第四次來臺，森丑之助陪著他深入臺灣各地進行調查。四月十一日，兩人登上玉山，創下臺灣登山史上從西稜上玉山的首登記錄。

一九〇〇年四月，鳥居龍藏和森丑之助一行人從嘉義出發，循八掌溪谷地上行到流勝社（今石棹、樂野），再循曾文溪上源谷地往達邦社、知母勝社（今特富野），到Yabuguyana部落（據鄒族學者浦忠成教授說，應該是指今扒沙娜）。當時，特富野、扒沙娜已經是鄒族最遠的部落，再上去就沒有原住民居住。鳥居龍藏在扒沙娜望見突

出雲表的新高山，興起了攀登的決心，於是即與同行翻譯森丑之助、池畑要之進（嘉義辨務署第三課主記）、劉闊（公田庄漢人），以及七名原住民嚮導，合計十一人，從部落出發，沿著獵路（今特富野古道）往東水山（水山）、石山、鹿林山方向邁進，並在塔塔加鞍部附近露宿了一夜，再循玉山西稜東行。四月十日翻越前山、西山，到達今排雲山莊附近的箭竹林中，又露宿了一夜。四月十一日，鳥居龍藏一行人終於攀上白雪皚皚的新高山山頂。

鳥居氏一行循西稜登頂玉山主峰之後，便開始有人循相同路線登上新高山。

至此，攀登玉山的途徑便有了兩條不同的路線；或從陳有蘭溪經八通關上山，或從阿里山循西稜縱走登頂。直到一九二六年九月，日人為推動登山活動，並藉此繁榮阿里山地區，遂開闢了一條循阿里山森林鐵道，經兒玉鞍部（今自忠）翻越鹿林山到達塔塔加鞍部，循西

稜攀上前山、西山到達主峰南稜，再直上峰頂的玉山新步道；沿途並建造了鹿林山莊、前山避難所與新高下駐在所等山屋。此舉使得從阿里山到主峰的行程由十九小時縮減到只需九小時，即能成功登頂。

至此登頂的人數也由一九二一年的二十七人驟增到一九二六年的五百六十三人。

特富野部落。

《鳥居龍藏全集》

我從未倚靠學校的畢業證書或身分頭銜來討生活。我塑模了我自己，我這個人也只有靠自己。我日夜苦心地要鍊就我自己。我靠自己而活，我的偶像也就是我自己。我的學問是我自己的學問，伴隨著我的妻子及孩子們。……聖人嘗說：「朝聞道，夕死可也。」我不是一個道學家，可是我最愛這句話的精神，作為一個在野民間的學者，我甘之如飴。

二〇〇〇年一月，楊南郡先生譯著的《生蕃行腳—森丑之助的台灣探險》出版，成為日本、臺灣兩地第一本介紹森丑之助的專書。這時距森丑之助之死，已過了七十四個年頭。

二〇二二年四月以來，我一直做著有關時間的夢。是時間在我的夢裡，還是我在時間的夢裡呢？

那個夢裡踽踽獨行的年輕人，依然繼續行走，在我所生活的四方。雖然我和友人們目前還沒有抽到前往玉山主峰的入園籤，只能循流勝社、達邦社、知母朥社，一路來到玉山登山口。

三、擄獲的私密感：南方四島、塔塔加與莊子

心的風景點・非非心理小測驗

你擁有一處私密空間，這裡也是你的秘密基地，你總是喜歡來到這裡和自己相處，做著喜歡的事，讓內心整理透徹，重新體悟、珍惜與善待習以為常的生命禮物。請問你會如何佈置你的私密空間呢？

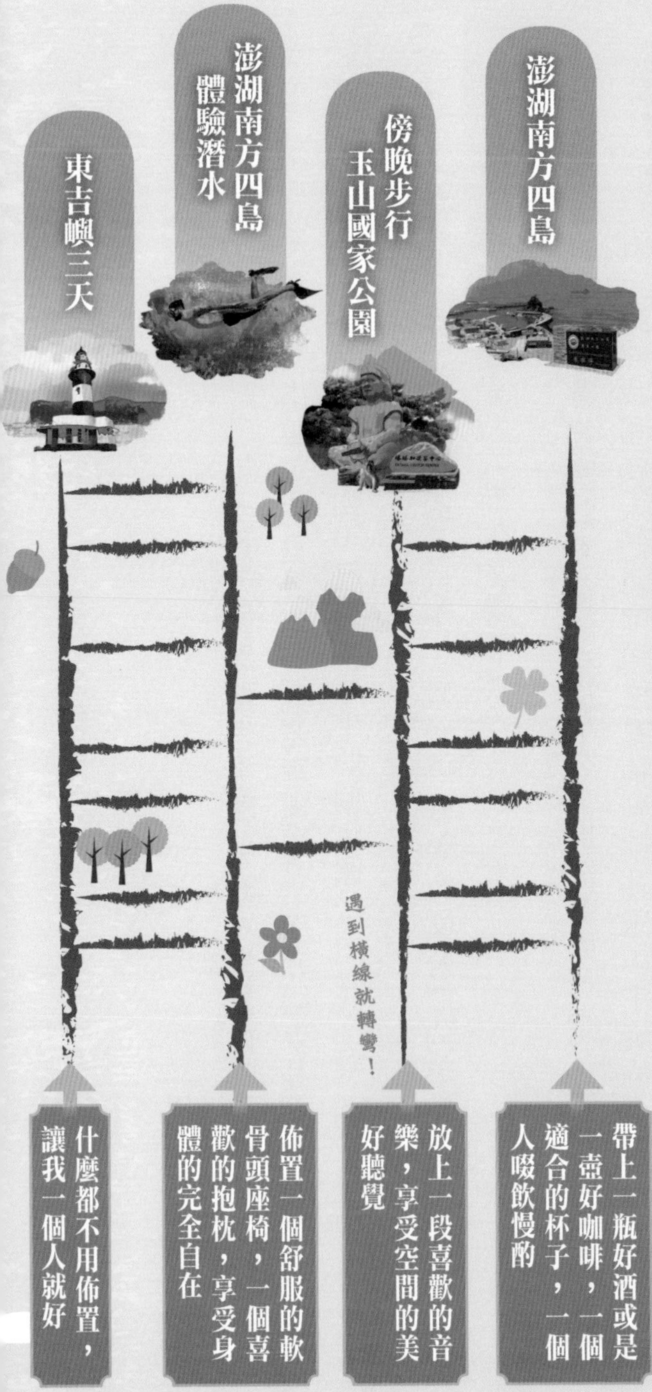
澎湖南方四島
傍晚步行玉山國家公園
澎湖南方四島體驗潛水
東吉嶼三天
遇到橫線就轉彎！
帶上一瓶好酒或是一壺好咖啡，一個適合的杯子，一個人啜飲慢酌
放上一段喜歡的音樂，享受空間的美好聽覺
佈置一個舒服的軟骨頭座椅，一個喜歡的抱枕，享受身體的完全自在
什麼都不用佈置，讓我一個人就好

❶ 請依直覺，從以上四個選項中選一個。

❷ 選好一個後，從所選的選項由下往上走，遇到橫線就轉彎！

澎湖南方四島

你是個再辛苦都會善待自己的人，寧願背著裝滿美食美酒的粗重行李上高山，只為了登頂後與眼前的美景乾上一杯，致謝眼前人生。你適合坐船前往「**澎湖南方四島**」，這裡有東吉嶼、西吉嶼、東嶼坪嶼、西嶼坪嶼及周邊之頭巾、鐵砧、二塭、香爐、鋤頭嶼、豬母礁、鐘仔、柴垵塭與離塭仔等島礁，是在充分享受乘風破浪的跳島旅行之餘，還能觀察地質、地形，與各種生態景觀的最佳場域。

東吉嶼三天

你是個非常努力為他人付出的人，即使自己再忙，也會盡心想辦法勻出時間給需要你的人，付出心力在所不惜，但是你總是把自己放在最後。你適合前往「**東吉嶼三天**」，享受東吉嶼離群索居的離島生活，讓你的時間裡只有你自己和時間本身，體會東吉嶼昔日繁華留下的聚落建築群。

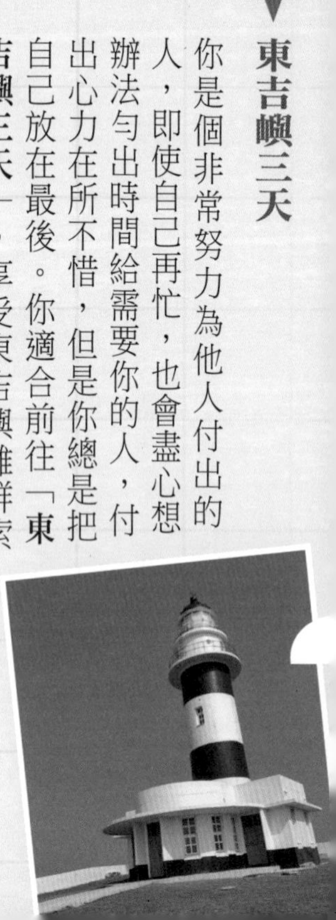

傍晚步行玉山國家公園

你是個熱愛生命，渴切與環境互動的人，易感包容的心靈讓你喜歡接觸不同類型的人事物，發現這個世界還有更多和你不同的個體族群，讓你對世界擁有更多的善意與期待。你適合「**傍晚步行玉山國家公園**」，安靜的等待與山羌、獼猴、黃喉貂與你相遇，然後再安靜的與這些山林裡的小精靈一一告別。

澎湖南方四島體驗潛水

你是個非常善於自處的人，還會習慣安排給自己許多自嗨的機會，常常一個人玩耍得非常投入，難免會忘記和許久不見的親朋好友通個電話或是傳個簡訊。你適合夏季前往「**澎湖南方四島體驗潛水**」，帶著自己潛往南方四島水下的神秘世界，因為你知道，每一次和自己的相遇，都可以是嶄新而私密的珍珠瑰寶。

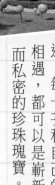

東北季風來臨前

明翰說，十月之後前往南方四島會非常不便，有時一關就是幾十天，沒有船班，過期食物都得吃。但是他仍是不辭辛勞地往返。村民過年過節總不忘邀他，他只要有空也都會回島上幫忙。他的家在臺灣本島，但是，彷彿有許多歲月的故事留給南方四島。

莉敏也是，待在塔塔加一待就是二十餘年，只要有空，每天傍晚都會一個人走在無人的山徑裡，一走就是四個小時。黃喉貂、獼猴、山羌常陪著她，雖然保持距離，但是好像彼此都有些私密的默契。

對於即將到來的東北季風，對身在臺北盆地的我其實沒有太多的影響。住在盆地東北隅的母親就明顯感覺著海的變化，「呀，妳知道嗎，今天窗邊的雲好低好低，一整天風浪好大，雨下個不停，真煩哪！」對高壽八十有餘的她而言，四方襲來的季風雨，讓身形瘦小的

她在風裡雨裡像個孤島。我一邊安慰母親，一邊數算著中央氣象局的預報，再等雨小一點，季風減弱，我就可以坐上輕軌，陪母親四處走走。電話彼端的母親沒有說話，陽光、雨露、海浪、季風，對於年邁的母親，有多少屬於心裡私密的憂傷，作為女兒的我，真的想要靜心了解嗎？

交通這件事，對喜歡四處移動的我來說，只要有不同的組裝搭配，都適合自由移動。目的地與出發地點的往返，在臺灣本島最常使用的就是雙腳，只要能走，是不輕易讓車載的。

那麼離島呢？需要申請入山證的百岳高山呢？通往那些孤獨的心呢？買了車票、船票或是機票，即使到了，都不見得遂願。

人動了念頭，就是想像的開始。我因讀兩本書，也因著工作認識兩位作者，書裡的世界映射著他們豐沛的心靈，與自然對話，與眾生萬物交遊，土地的召喚讓我也充滿著他們心裡私密的想像。

澎湖南方四島國家公園。

東北季風讓前往澎湖南方四島的船期不定，申請玉山主峰入山證的好運一直受挫，「十月之後再來南方四島就更困難了！」明翰說；「玉山塔塔加鞍部雖然小，但是我每天的黃昏散步可是精彩萬分呢！」莉敏則是以美麗的山景不斷誘惑著我一探究竟。

於是，我私藏著母親對東北季風的感受，一些畏懼，一些期待，在即將轉入十月的某日，先去了一趟澎湖南方四島。

在等不到登上玉山主峰許可的週間假期，我在玉山塔塔加鞍部來回逡巡，來到玉山登山口，遙想山頂的風起雲湧。

當空間被想像力擄獲，依據想像力的感知注入自我的生活經歷，這種與空間的私密感才會逐漸呈現，一一點滴成河。

是時間之河，也是記憶之河。私密空間一旦公諸於世，旁觀者就像考古學家，有興趣繼續挖掘者，只能親身來到原址。

細心持守生命的純真與善意

春秋時代的老子說：「天地不仁，以萬物為芻狗。」身處四時依序的天地之間，老子看見了人類與眾生萬物平等，那渺小如芻狗的卑微，都一樣是有限的存在。到了戰國時代，鐵器的發明，文明的演進，讓戰爭的死傷更形慘烈。然而莊子的眾生平等說，卻顯得浪漫悲憫多了。

眼不見造物主，讓大自然彷彿擁有一條條無形的絲線，將命運似有若無的牽繫著。高大的神木與渺小的螻蟻，擁有語言文字的人類與善於表達愛意的鳥獸，充滿想像的世界裡，任由我們擷取靈感，以意象換取意象，累積世代的記憶，好教後人知曉自己與宇宙的私密對話。

難能可貴的是，我們擁有語言文字，得以表達內心情感，得以傳遞溫柔惜情的共感心靈，得以尊重眾生萬物的愛恨生死。冬日寒風的凜烈、棲身大地的晨昏、日常苦難的生存，都在有情人的眼中，不只是一個個天地間芻狗的無感無知，都能成為天地間獨一無二的尊貴存在。

只要我們是「有情人」，願意看重人與人偶然存在的必然價值，在天地之間都是故事的延續，連結過去，續修道路，指引未來，迎接我們可能無法相遇的陌生時刻。

當我走在自然山林，穿梭擁擠的城市，我總喜歡乘著想像的思緒，飛到身體之外，自由的連接空間與空間，意象與意象。彷彿這樣，我的生活也長出了許多絲線，連結古今，情通萬物。

我想起莊子，他也喜歡讓想像成就諸多生命的解釋。

於是他喜歡說故事，在他的想像世界裡，到處都是夢與真實的對話。蝴蝶的夢在他的夢裡，他也想像著自己活在一隻蝴蝶的夢裡，婆娑世界，片段即逝，短暫渺小。

幽微如風，想像似翼。

在《莊子・齊物論》裡有這麼一段：

澎湖南方四島國家公園之「東嶼坪嶼」。

《莊子・齊物論》

莊子（節錄）

南郭子綦隱几而坐，仰天而噓，荅焉似喪其耦。顏成子游立侍乎前，曰：「何居乎？形固可使如槁木，而心固可使如死灰乎？今之隱几者，非昔之隱几者也？」子綦曰：「偃，不亦善乎，而問之也！今者吾喪我，女知之乎？女聞人籟而未聞地籟，女聞地籟而未聞天籟夫！」

這一段的敘述很有趣，彷彿南郭子綦和顏成子游就在我們身邊。那時，南郭子綦一定是一副神遊四方、靈魂出竅的模樣吧！他倚靠著桌子坐著，仰頭向天、緩緩吐了一口氣，神情漠然好像忘了自己的存在。

顏成子游侍立一旁，請教南郭子綦說：「請問您是怎麼一回事？形體固然可以讓它如同槁木，然而心神也可以讓它如同死灰嗎？您今天倚桌而坐的神情，與從前靠桌而坐的神情很不一樣呢！」南郭子綦說：「偃，你問得真好！今天的我已做到忘記自己，你聽過嗎？你聽說過人籟，卻不曾聽說過地籟；即使聽說過地籟，也沒有聽說過天籟吧！」這時候，自然引起了顏成子游的好奇。

子游曰：「敢問其方。」子綦曰：「夫大塊噫一氣，其名為風。是唯無作，作則萬竅怒呺。而獨不聞之翏翏乎？山林之畏佳，大木百圍之竅穴，似鼻，似口，似耳，似枅，似圈，似臼，似洼者，似污者。激者，謞者，叱者，吸者，叫者，譹者，宎者，咬者。前者唱于而隨者唱喁，泠風則小和，飄風則大和，厲風濟則眾竅為虛。而獨不見之調調，之刁刁乎？」子游曰：「地籟則眾竅是已，人籟則比竹是已，敢問天籟。」子綦曰：「夫吹萬不同，而使其自己也。咸其自取，怒者其誰邪？」

子游接著就請問子綦說：「請問其中的道理。」子綦說：「大地吐出來的氣，它的名字叫做風。風不發則已，一發則萬種竅穴都彷彿怒吼起來。山陵裡高低交錯的形勢，還有百圍大樹的各種竅穴：有的像鼻子，有的像嘴巴，有的像耳朵，有的像瓶罐，有的像瓦盆，有的像石臼，有的像深池，有的像淺窪。發出聲音時，有的像湍水衝擊，有的像羽箭離弦，有的像喝叱，有的像呼吸聲、有的像喊叫聲、有的像號哭聲、有的像風吹到深谷聲、像哀切聲，前面風聲低低嗚嗚唱著，後面風聲急急呼呼和著。小風則小和，大風則大和，大風停止則所有竅穴都安靜無聲。你沒看到樹枝葉還在搖曳擺動的樣子嗎？」

子游說：「這樣說來，地籟是眾竅孔發出的聲音，人籟是從排簫吹出的聲音。那請問天籟是什麼呢？」子綦說：「所謂天籟，就是風吹萬種竅孔，所發出的聲音各有不同，但都是由竅孔的自然形態所造成的。一切都是自己造成的，發動它們聲音的還有誰呢？」

〈齊物論〉是《莊子》內七篇中的第二篇，可以看見莊子不但會說故事，還能究極自然之理，理解萬事萬物原渾同一體，唯有超越自我，破除執見，體悟大道，才能達到物我合一的境界，明白萬物齊一的智慧。

莊子一開始便以「吾喪我」三字點出全篇宗旨。南郭子綦隱几而臥，仰天而噓，彷彿形神解離，已達忘我之境。他進而借著天籟、地籟與人籟的比喻，說明自然無所作為，萬物各因其性而發展，不同於人的有意為之。發

澎湖南方四島國家公園之「東吉嶼」。

生在人身上的種種喜怒哀樂、憂慮恐懼，好似樂音自孔竅產生般無形，也似菌類生於溼氣中般的無根。從形軀我、情意我、認知我，透過重重的精神解放，解脫真我，莊子認為人們當可體悟「天地與我並生，萬物與我為一」的物我合一境界。

我相信在莊子的心裡，不僅感受到人類的苦難，也同時能悲憫芸芸眾生的痛楚。他是哲學家，也是文學家，以精準的寓言意象，描繪內心整理透徹後的私密空間。於是，我們自然而然地走進莊子的心靈世界，體會到茫茫人海，人與眾生的相遇何其可貴。你可以視而不見，但是，你更可以體悟、珍惜與善待。因為你知道，每一次的相遇，都可以是嶄新而私密的擄獲。

澎湖南方四島，茫茫大海裡的珍珠瑰寶，絕不只是旅遊行程的藍洞或是紫色珊瑚礁景點。究竟還有什麼呢？端看想要如何聆聽、如何欣賞，如何重新審視自己身處其間的角色。在自我與澎湖南方四島之

片的匆匆過客嗎？

間，難道我們只是過客嗎？只是一位搜集如雜誌封面般美麗珊瑚礁照片的匆匆過客嗎？

來到南方四島，帶著這本《他鄉・故鄉：澎湖南方四島紀行》，船從臺南將軍港出發，船程約莫一個小時即可到達東吉嶼。我在船艙裡，驚見船長口中難得一見的海豚，成群自海面紛然跳躍，還遇見書裡的男主角之一，保育巡查員林順泰船長。

東嶼坪嶼無人居住之古厝

那一臉風霜的稜線，是我一眼認出他的原因，正在船艙外抽菸的他，對於我拿著書裡的影像與他相認並不感意外，只是淡淡的向我點頭微笑。船正帶著他回家，像我坐著捷運回家一樣的習慣。只是東北季風一吹，船可能好幾天都無法出航。

認識明翰，起先是為了介紹這本《他鄉‧故鄉：澎湖南方四島紀行》。手中詳閱著這本明翰的《他鄉‧故鄉：澎湖南方四島紀行》一書，體會著作者細心持守生命裡獨一無二的純真與善意。這本書的主角其實不是他，而是澎湖南方四島和生活在此的人，包括國家公園第一線的工作人員，包括在地居民。

在天地之間，我們還能如何看待與芸芸眾生的相遇呢？《他鄉‧故鄉：澎湖南方四島紀行》一書的作者明翰，又是如何看待與澎湖南方四島的相遇呢？

這段工作旅程意味著什麼？

明翰到海洋國家公園管理處任職為二〇二〇年五月十八日，五月二十四日到八月三十日在東沙環礁國家公園服務，而六月二十四日，是他最難忘的一天。那天，他正式為海洋國家公園管理處寫下中英雙語圖文介紹的第一天。「這段工作旅程意味著什麼？」明翰問自己。

九月開始，明翰前往澎湖南方四島。他永遠記得赴任當天，海洋國家公園管理處長官對他說的一段話，「明翰，既然你擅長攝影，何不為我們紀錄南方四島到底有哪些事，如日記般發表在我們的FB官網上呢？」這段話深深影響著明翰，也從此鼓勵著他開始記錄澎湖南方四島的點點滴滴，「我想從一個"ranger"的角度出發。職稱上我是一個研究員，我更希望自己是從一個走在第一線的保育巡查員視角出發。不管是澎湖南方四島的獨特生命經驗、自然景觀、誰與我一起生

東吉嶼。

活、我們一起如何克服生活環境的問題，這些都是我想要藉著圖文的真實感，串起國家公園第一線的工作人員與在地居民的共同記憶。」

明翰提起這些初心，彷彿是在訴說著他已經生活許久的熟悉家園。而那股話語間透露的熱情與喜悅，也依舊隱隱然連結著書中的字裡圖間。於是，這本書裡一幀幀充滿故事的畫面與文字，也透露著明翰是如何看待身為公務員這個角色。

二〇二二年暑假他參與南方四島之一的西吉嶼手作步道調查工作，「這是我對自己的承諾，雖然此刻的我因著家庭因素轉任阿里山林業鐵路及文化資產管理處管理師，但是我有一份對澎湖南方四島的承諾，每年都會繼續回來參加手作步道的工作。之前任職南方四島國家公園期間，我期許自己用這本書串起澎湖南方四島國家公園的時空人情，希望在地居民能繼續向他們的後代及不識這片土地的人們訴說

這裡的故事。現在我要在這本書之後，與這片土地繼續連結，繼續紀錄，繼續以行動訴說我與這片土地的深厚緣分。」

明翰說，這本《他鄉‧故鄉：澎湖南方四島紀行》就像日記般記錄著島上點點滴滴。從他口中如數家珍地介紹書裡的故事，彷彿這些都和身邊的至親好友般如在目前，「若說，澎湖南方四島是散落在澎湖海域的珍珠，這本書的紀錄就是串起那珍珠的線，乘著船，一個浪過一個浪，一個島過一個島，在四島間穿梭，感動在心底迴盪。」吳明翰沈穩堅定的語氣間，更多了遊俠般悲天憫人的襟懷，雖然聲音遠自電話彼端，藉著書，得以無遠弗屆的串連異地時空。

八百萬年的晨昏日常

這本《他鄉・故鄉：澎湖南方四島紀行》分為「島嶼・大地」、「島嶼・生活」、「島嶼・工作」、「島嶼・現場」四部分，每一頁都像是一張幻燈片，明翰報導性的簡潔文字彷佛說書人，透過篇章在耳邊娓娓道來。

「島嶼・大地」，從八百萬年前的火山熔岩噴發，到此時此刻仍在進行中的海蝕作用，帶著我們經歷南方四島漫長的時光隧道，驚嘆大自然的鬼斧神工；「島嶼・生活」，一一帶著我們一起在此地相遇，一起經歷島嶼的晨昏日常，彷佛帶著我們認識在地居民，例如林順泰，這位曾經放網捕魚的在地資深船長，了解他居然成為「保育巡查員」的過程；「島嶼・工作」一輯，則是以國家公園第一線保育巡查員的巡查視角分享工作日常，以及紀錄著國家公園一群最無私奉獻的志工身影。

其中第四單元：「島嶼・現場」裡，舉凡是「『手』護小島之路」、「西吉嶼北方岸際貨輪擱淺應變紀錄」、「海廢傳教士」、「東嶼坪嶼居民的謝塔大事」、「特戰志工的夥伴關係」等真實紀錄，明翰更進一步以翔實載明日期及QR Code影片分享方式呈現，讓讀者彷彿目擊海洋國家公園管理處第一線工作人員的「平凡裡的不平凡」。

「你知道嗎，在東嶼坪嶼登上前山手作步道，一直是非常推薦的漫遊路線，為了讓所到之人能夠更安全地體驗步道，從二〇二〇年暑假開始，海洋國家公園管理處與臺灣千里步道協會合作，因地制宜、就地取材，人力修築手作步道，至今年暑假即將在西吉嶼持續第三期。期間陸續加入許多澎湖科技大學的師生，及來自臺灣本島的志工，一起串起『手』護小島之路的生命歷程。」彼時的明翰正和一群朋友進行今年暑假手作步道的前置調查作業。「這次的調查工作，是持續海管處與臺灣千里步道協會、參與今年度南方四島步道調查的澎

湖在地夥伴一起進行的，大家一邊做路線規劃，一邊希望透過手作步道，為當地的生態旅遊找到另一條路。」

「剛開始居民們有著很大的質疑，『路好好的，為什麼要再手作一條步道呢？』於是我們在施作的過程中，也帶著民眾親身觀看步道手作師，了解手作步道施作原因。」明翰熱情的娓娓道來，「不管是路跡不明容易踩壞植物、坡度過陡、一般旅客對登山路跡的陌生，或是土質鬆軟安全考量等原因，當居民眼見步道師用手作人力的方式，將東嶼坪嶼前山步道路線不明的問題進行改善時，他們也一一放下手邊的工作，挽起袖子，一起『手』護小島之路。」

此刻來到南方四島的東嶼坪嶼，我走在明翰口中介紹的手作步道上，彷彿經歷了一條路從無到有的過程，感受到路並不會是憑空降臨在大地上，此刻的我安全登上山頂，將島嶼的自然人文盡收眼底，也感受著從無到有的思維，我知道，自己與這片土地已產生了許多私密的對話。彷彿我是大地，忘我的感受著與萬物合一的境界。

澎湖南方四島國家公園之「西吉嶼」

與「人」互動，守護國家公園的遊俠

明翰說，與南方四島當地居民的交談中，時常驚喜地發現，這座國家公園裡有著連居民都想像不到的豐富內涵。這當然不僅是自然景觀、生態物產，更是人與人之間的淳樸暖意，讓他毫無預警地愛上這個地方，包含島民及他們的生活、文化。漸漸地，即使現在已不再任職南方四島國家公園，每次前往，總有一種回家的感覺。

他說，在澎湖南方四島緩緩流逝的時光，在島上和居民共度的時刻，十足珍貴。某次跨年前與東嶼坪嶼全島村民的合影，竟讓他油然產生了他鄉似故鄉的感受。因此，他希望這一系列日常工作手札的照片，以中英文雙語撰寫的方式，開啟大家認識澎湖南方四島國家公園的另一扇窗，讓國家公園現場工作樣貌及島嶼生活與更多民眾分享。同時，他也希望幫助在地居民的世世代代能繼續訴說著自己的故鄉

事，更認識自己的家鄉，了解它的美好，開展屬於自己的尋根之旅。

一如明翰在本書序曲裡提及：「南方四島不僅時有遊客造訪，島上還有定居已久的村民，該如何與『人』互動、合作，是我行前反覆思索的課題。」一如二〇二〇年五月前往海洋國家公園管理處工作的明翰，至今他的內心依然對這片土地充滿著興奮與期待。這本書從封面開始就顯得與眾不同，他跳脫一般人記錄澎湖南方四島的觀點，以**Ranger**的眼光串起島上的居民，介紹四季風貌。這張封面照片並不是一般人對南方四島蔚藍夏季的想像，沒有希臘小島般的浪漫印象，但是這就是真實的南方四島。

人口外移的大地，彷彿將海洋文明還給了荒蕪的原點。

東吉嶼的美麗燈塔，繼續照耀著險峻多礁石的黑水溝，歷史的探險，將人帶到了南方四島。而今，因為生存，也將多數原居民帶離了南方四島。大地一望無際，在荒蕪裡，清楚的點線面是成群的羊兒安

靜覓食，我來到這裡，還能驕傲自己擁有過什麼？懊悔失去了什麼嗎？還能清楚的肯定或否定什麼嗎？

一如的英文書名"Ranger diaries : work and life in south Penghu Marin National Park"，透過明翰以保育巡查員的眼睛記錄，這些專題報導都是用人文與關懷的視角拍攝。「所以這本書是先有英文書

東嶼坪嶼。

澎湖南方四島國家公園。

名的，我想用身為國家公園第一線的保育巡查員角度，真實記錄守護國家公園的日常。」隨著明翰的介紹，《他鄉・故鄉：澎湖南方四島紀行》書裡一頁頁被永恆定格的畫面，此刻彷彿又引領著我來到當時的場景，訴說一個個連結南方四島國家公園的生命故事。透過他的紀錄，串起土地的記憶，甚至串起當地居民的下一代，知道這片土地是怎麼來的，又是要如何告訴他們的下一代。

書裡有一張照片令人難忘。我想那是明翰發現了大地最初的肌理，從高空俯瞰的視角，彷彿神的眼睛，以空間單純的色調，訴說著時間無始無終的距離，人來人往，天地不仁。這場景很奇妙，初看時屋子的質地與土地的紋理融為一體，令人舒適寧靜，但是再定睛一瞧，數十間錯落的村落屋宇僅有幾間殘留灰紅色屋頂，其餘皆為斷垣殘壁，人去樓空，然而廟宇這重要的信仰中心雖然亦破落不堪，但在廣陌空寂的土地上，仍見證著當地村民曾經充滿韌性的生命力。

這也是西吉嶼遷村的故事，留在大地與洋流私密的空間裡。

"ranger"在英文詞彙裡亦可解釋為「遊俠」。從西漢史學家司馬遷在《史記・遊俠列傳》一書開始，「遊俠」就是一種身份特殊的人物，好交遊、重信義、能幫助人解救急難的人。「來是他鄉客，去是故人心」，明翰堅信著承諾，一種「雖然終是過客，但『緣分』是『必然』」的珍惜與信念。那屢屢隨著巡查船出巡、跟著經驗豐富的船長學習綁緊纜繩、一起為著溢散四處油漬的海洋邊落淚邊努力拉起攔油索的明翰，以充滿著古代遊俠的俠義精神，記錄這片土地的人們，讓更多人知道身處第一線的國家公園工作人員們，默默為這片土地串起了多少與在地居民相遇的生命故事。

也因為這本書，隨著東北季風的即將到來，我踏上南方四島，像是《莊子・齊物論》裡顏成子游對南郭子綦形體與心智轉變的好奇，我好奇著在時間的推移下，這見證海洋子民來來又去去的大地，到底什麼是真正的改變與不變？

如何打破自我的主觀與成心

《齊物論》　莊子

昔者莊周夢為胡蝶，栩栩然胡蝶也，自喻適志與！不知周也。俄然覺，則蘧蘧然周也。不知周之夢為胡蝶與？胡蝶之夢為周與？周與胡蝶，則必有分矣。此之謂物化。

昨天晚上莊周夢見自己變成蝴蝶，翩翩飛舞的一隻蝴蝶，正自快得意愉悅的飛舞著！不知道自己是莊周。忽然夢醒，驚覺自己是莊周。不知道是莊周做夢變成蝴蝶？還是蝴蝶做夢變成莊周？莊周與蝴蝶，一定有分別的。這種情形，莊子稱之為「物化」。

玉山國家公園塔塔加遊客中心。

人生而具有肉軀，然而區區肉軀寄身大地，轉瞬腐朽，何處才是真我所寄？

莊周夢到自己變成一隻蝴蝶，醒來之後不知只是自己作夢呢，還是蝴蝶夢到自己是莊周。莊子稱此為「物化」。如何才能如莊子所言，心靈與身體成為栩栩然的胡蝶也？如何能不斷打破自我的主觀與成心，讓心靈得到徹底的自由與解放呢？

已經接近傍晚了，此刻正是莉敏開始黃昏調查的時刻。收拾好辦公桌上的東西，穿上玉山國家公園帥氣的草綠色制服，揹上先生為她購買的大砲相機，我們從玉山塔塔加遊客中心出發。

「這樣的黃昏調查，從二〇一〇年九月迄今，我走了十一年。每天從下午四點半，走到晚上七點半，每年約一百五十到一百八十天，將近兩千個日子。應該可以說，只要在山上的日子，我就會忍不住走出門！一年一本的黃昏記錄簿，至今已經累積了十二本。」莉敏爽朗

明亮的聲音清楚迴盪在前往大鐵杉的山徑上。此刻的我們正經過一隻山羌，牠完全無視我們的存在，兀自在路邊安靜吃著草。彷彿我們也是和牠一國的，不是什麼萬物之靈，也不是什麼局外人。

一如莉敏說的，「塔塔加很小，但是很精彩。」我們和山羌告別不久，一隻黃喉貂的修長身影正竄進不遠的密林深處。

莉敏目前為玉山塔塔加完成了四本「走讀塔塔加觀察筆記書」，《貂游獵國：玉山塔塔加黃喉貂的觀察筆記書》是莉敏的第四本，甫出版於二〇二一年六月。第一本為二〇一六年十一月出版的《裝羌坐視：走讀玉山生態筆記書系列之一》，緊接著二〇一七年十一月出版《紅暈當頭：陪黑長尾雉散步》、第三本則是二〇一八年十二月出版的《守株待鼠：灰林鴞觀察日記》，這四本皆以繪圖及觀察筆記書的方式呈現莉敏走讀塔塔加的自然生態觀察。

玉山塔塔加的婆娑世界

有別於攝影圖像的寫實呈現方式，透過莉敏充滿溫度的手繪筆觸，自然萬物更添獨一無二的靈性與生存價值。身為大自然的一員，我們怎能不珍惜保育這些可愛活潑的原住民呢？

當我閱讀這本《貂游獵國：玉山塔塔加黃喉貂的觀察筆記書》時，彷彿隨著莉敏與研究團隊置身於玉山塔塔加，有時你會隨著幾隻充滿王者姿態的黃喉貂在林間爬上爬下，有時，你又不時遇見「被」參與研究的小貂們，阿塔、小加、天天、文文、阿山哥、小不點……。不只是莉敏，連身為閱讀者的我，都彷彿因著莉敏在書裡念茲在茲的這些名，牠們，也自然而然的變成我們生命中在意的朋友，會在心裡默默許願著，自己一定要為著牠們好好守護大自然，好好守護著牠們的家園。而莉敏以生活於山林間的實境參與

者近身觀察，讓讀者不小心的愛上這些黃色小精靈，再以深入淺出的隨筆書寫，融入自然生態知識與保育觀念，讓我們都是因著「愛」，而立下永遠守護的誓約。

位於新中橫公路最高點的塔塔加，源自於鄒語「**Tataka**」譯音而來，在鄒族人語意是指寬闊、平臺草原的地方。久遠以前，這裡曾是原住民族的獵場，日治時期與國民政府來臺初期成為伐木的林場，現今這裡是玉山國家公園裡遊客量數一數二的遊憩區。來到塔塔加遊

塔塔加遊憩區，守護玉山的布農勇士雕像。

客中心擔任約聘研究員已十多年的莉敏，喜歡接近民眾，向民眾分享她所觀察到的第一手資料，「國家公園是民眾走向美好環境的橋樑，而我所任職的玉山國家公園塔塔加遊客中心，非常適合扮演這樣的角色。」為遊客分享大自然的美好，抱持著每一位遊客都是第一次來的原則，莉敏享受著與每一個生命相遇的緣分。

「解說工作不是解說員唱獨角戲，其實遊客也教會我許多事。」莉敏說自己是個太陽的孩子，身為約聘解說員本應專心研究即可，但是同時擁有環保署認證的社會教育、原民文化及自然保育三項專長的她，更喜歡親近民眾，一起分享陪山羌吃草，陪帝雉散步的美好經驗。「剛來時我以為我知道很多，其實只是因為我一知半解。等我成長愈多，才發現自己愈是不足。」此時我們來到來到一株紅毛杜鵑前，莉敏為我解釋被水鹿重覆啃食後，植物就是會長成一球球的模樣。

當我還在驚喜於眼前的自然現象得了解答，莉敏又開心的蹲在一叢藍色小花前，「這是臺灣龍膽，漂亮吧！」她又指了指山壁前盛

開的白色花朵，「這是高山薔薇喔！」這一路她彷佛不是在介紹動植物，而是在和左鄰右舍的好友們一一打聲招呼。

順著麟趾山步道前行，莉敏熱情的引領著我來到一株大鐵杉面前，「每當我的黃昏調查結束，都會來到它的面前，深深地向這株年約六百歲的原住民鞠個躬。」傍晚當遊客逐漸散去，塔塔加的另一種熱鬧即將開始。能夠真正見到這些山裡原住民們的人不多，莉敏因著工作機會得以親近，她選擇以攝影記錄，再以手繪的方式出版成觀察筆記本與民眾相遇，「我喜歡繪畫，因為繪畫可選擇主體，將大自然動物的毛色觸感一一呈現。」莉敏笑笑的招我來到一座廁所前。

喜歡繪畫的她，不管是辦公室牆壁畫的「條紋松鼠」，或是大鐵杉旁廁所畫的「煤山雀」，都是她為塔塔加增添的特殊風景，「廁所畫圖，主要是美化為主。有時畫畫是一種抒發心情的方式，畫畫的當下心情超好，很專心的感覺也很好，創作與畫畫也是解說手法的一

種。我在畫畫時，遊客會問我問題，借著圖像，跟遊客分享這個物種的故事與生態，這是我常會做的事。而物種的選擇多半是依當地當季，還有當下心情。」莉敏笑著說，記得五到六月畫的當下，正是煤山雀的繁殖季，牠常在松樹最高處唱歌呢。

莉敏所畫的「煤山雀」。

拼湊出塔塔加的動物地圖

《貂游獵國：玉山塔塔加黃喉貂的觀察筆記書》書裡有一段是這麼寫的，「我第一次看見牠們，是二十多年前在南橫公路上的進逕橋。小貂們就在鄰近的小溪畔跳躍，第一眼的美麗，至今還印在腦海中。臺灣野生的哺乳動物，很少身體的色彩可以如此『張揚』，這是牠們可以讓眼見者驚豔的最大本事。」

搭配這段文字的是一張黃喉貂小臉的小小拼圖，「就像我為這本書設計的封面一樣，我對這些大自然物種知道的很少，尤其是黃喉貂，透過資料的蒐集、黃昏調查，慢慢的拼圖，逐漸建構出相關物種資料。」莉敏說，二〇一〇年八月在美國大峽谷受訓時，有幸看見幾次**American Condor**。這些禿鷹翅膀上有編號，她將拍攝的照片分享給當地的**ranger**。而這位**ranger**也熱情的分享編號禿鷹的故事、性別、年齡、生態，還有牠親鳥的情況等資訊。「最後他還把大峽谷追蹤的

禿鷹表（一張小卡片）送給我參考，並謝謝我提供珍貴的觀察記錄。我認為黃喉貂具有這種與民眾分享的潛力，因為黃喉貂擁有吸引人的外型，還有日行性，以及似乎也不太在意人的掠食者特質。如果讓看見研究個體的遊客能適時參與與通報觀察結果，將能有機會獲得更多黃喉貂的生態資訊。」莉敏於是在三年前開會時提出一個想法：建置「黃喉貂目擊平臺回報系統」。

「最重要的是，可以邀請民眾參與自然保育的工作。因為有參與，對自然環境的愛應該會更深刻！因為我自己就是一個深受影響的案例。後來很開心與國家公園合作的研究團隊有考慮這個方向，並在去年正式發展出黃喉貂目擊平臺回報系統。」莉敏說，玉山國家公園黃喉貂研究個體都有掛著追蹤項圈，遊客如有發現，歡迎加入「黃喉貂目擊平臺回報系統」予以回報，對野外的研究工作助益甚大。

在這本《貂游獵國：玉山塔塔加黃喉貂的觀察筆記書》書中，莉敏亦提及自己對黃喉貂的探索與研究，「這幾年因為有黃喉貂研究團

隊的加入，讓自己能參與探索與研究，並提昇了自我職能。」身為塔塔加遊客中心研究員，能夠比研究團隊更容易掌握第一手的觀察，讓自己的解說內容變得更豐富，是她樂此不疲的重要原因。塔塔加地區的黃喉貂研究個體會如何發展，需要長時間的觀察紀錄，但研究人員無法天天前來，莉敏利用地利之便，每天下班後進行生態觀察，不單是黃喉貂，只要看到野生動物，她就會記下來，期待隨著時間累積，建立更多的基礎資料，逐漸拼湊出塔塔加的動物地圖。但是和動物相遇常常是一閃而過，來不及用相機拍下的時候，她就會拿起畫筆，畫下奇妙的剎那。

「妳知道嗎？一隻公的黃喉貂最多三公斤，母的頂多一公斤多一點，綽號『羌仔虎』的牠們也吃高麗菜，活動範圍可從塔塔加遊客中心跑到阿里山！這也是名叫『天天』的研究個體告訴我們的訊息。」莉敏說，為這本書取名為「貂游獵國」，「國」可以是「國家公園」，也可以指的是黃喉貂的「生活範圍」。有時牠們會有一段時間

出現，一段時間又不出現，並沒有固定週期性。在無法確定黃喉貂的族群移動是否具有固定週期性的情況下，莉敏覺得黃喉貂就是一群類似原住民的游牧民族，「邊走邊『游』牧，也許就是牠們一段時間不出現的原因吧？這也就是書名有個『游』的來源。」

「黃喉貂完整的物種資料仍然需要更多的拼圖，最初做黃昏調查時，我什麼也看不見，但是我先生的一句話，『零，也是一種資料，你也需要記錄一下！』我就繼續我的黃昏調查，至今都不曾改變。」莉敏像個小女孩般，又開心的引領我向前探索著塔塔加的未知世界。

從一位歷史研究專長，轉而投入生態解說與研究，莉敏一天的作息並不只限於生態研究或觀察。她非常自律，早上五點起床聽英文，上班前一定先吃完早餐，因為上午八點半到下午四點半的上班時間是屬於為遊客服務的時間。晚上結束黃昏調查後，她一定會聽英文、聽新聞和整理資料，然後晚上九點早早入睡。「我不是夜貓族，因為我

是太陽的孩子嘛！」印莉敏長期的堅持與自律，讓她成為專業領域下的「唯一」，持續學習，讓自己維持工作職能，並義無反顧貢獻給服務團隊。

莉敏也是玉山國家公園粉絲專頁的小編之一，在本書出版的同時，有篇深入淺出的導讀是這麼寫的，「玉管處於二〇一九—二〇二〇年委託野聲環境生態顧問有限公司研究團隊的協助，兩年間捕獲

麟趾山與鹿林山登山口。

十四隻黃喉貂個體，透過野外追蹤，發現有些個體的活動範圍竟然可媲美臺灣黑熊；活動範圍超過一一〇平方公里！研究的歷程也發現小群體間常是雄貂們的組合，二〇二〇年七月二日有隻公貂在石山捕獲，我們叫牠阿山哥，透過目擊者的『拼圖』，研究人員確定七月三日牠曾在玉山登山口遊蕩，七月十二日透過玉山氣象站工作人員的現場拍攝，真的有一隻掛著紅色天線的黃喉貂到訪了標高三八四五公尺的北峰，七月十七日黃昏時發現牠風塵僕僕又回到塔塔加的麟趾山鞍部！透過GPS資料分析，也發現有一隻公貂『小楠』，分別在二〇二〇年八、九月間各走一趟主峰線。牠們為什麼要從塔塔加奔波到玉山主、北峰，甚至單日上下？」

這些疑問都寫在觀察筆記書中；娓娓道出了黃喉貂引發興趣或充滿謎團的生態拼圖。此外，莉敏亦整理了十年來在塔塔加區域三百二十八次目擊的資料，雖然不敢說是臺灣遇見黃喉貂次數最多的人，但她的經驗，應該也是極少人能擁有的珍貴紀錄。

當我翻閱這本《貂游獵國：玉山塔塔加黃喉貂的觀察筆記書》，和這些黃色閃電不期而遇的同時，對山林裡這些游牧民族的萌樣深深著了迷。拉近遊客與大自然的距離，這也是莉敏透過生態解說與繪本創作，希望傳遞給他人快樂，也讓自己生命充滿喜悅的初心。

如此在大自然裡展現超越精神、達觀智慧的真我，這不也正是《莊子・齊物論》的宗旨所在嗎？

離開了玉山塔塔加，我一路順風回到臺北盆地；海上的船兒默默從南方四島駛回臺灣本島，我馬上置身擁擠的城市。東北季風並沒有離開，母親的恐懼與日俱增，我在電話彼端安慰著她，她問我為什麼要辛辛苦苦的上山下海，卻不願意多花時間來陪她，我沒有回答，只在自己的私密空間裡繼續構築著私密感。

有些想像，並不屬於親情，一任自己在孤獨裡眾生平等。

四、最重要的拼圖：金門與禮記

心的風景點．非非心理小測驗

此刻，你來到一間美術館參觀當代繪畫展覽，首先映入眼簾的是一幅油畫，你不認識這位畫家，看繪畫風格，似乎是一位西班牙畫家達利的信徒，充滿超現實的拼貼意象，畫面裡有一對在黃昏裡散步的情侶、一個軟癱如起士的時鐘、一隻比時鐘還大上兩倍的眼睛，還有角落邊蜷縮著身體的小白狗。請問你第一眼會被其中的哪個影像所吸引？

❶ 請依直覺，從以上四個選項中選一個。

❷ 選好一個後，從所選的選項由下往上走，遇到橫線就轉彎！

金門西式洋樓建築

你非常重視人際關係，能夠享受與人互動的樂趣，但是也對未知的發展習慣憂慮，不管是自己的看法或是他人的態度，都讓你時不時的會加入嶄新的挑戰，也會嘗試提出不同的生活方式，改變彼此相處的模式。你非常適合前往參觀「**金門西式洋樓建築**」，那些巴洛克形式的豪華西式洋樓，夾雜鶴立在古厝中，為金門建築增添南洋異國風情，相信你會驚呼連連，充分享受這些光宗耀祖的藝術呈現。

金門戰地史蹟之旅

你是個喜歡思考的人，太過簡單的電影情節，或是膚淺表面的勵志故事會讓你倒盡胃口，因為你總是期待挖掘人性深深的底層，挑戰那些無法言說的複雜真相。你非常適合報名參加「**金門戰地史蹟之旅**」，跟著金門一處處的戰爭遺址，逐步了解處處是防禦工事的金門，如何長期的戰備，如何一次次的戰火洗禮，一一撫觸時光留下的歷史痕跡。

金門閩南式聚落

你擁有絕佳的洞察力，可以精準預估事態發展，將個人理想、豐富知識結合個人實際經驗，帥氣的規劃出未來發展的趨勢，不疾不徐地整合眾人意見，巧妙指引著身處當下的人。你適合閒步在「**金門閩南式聚落**」，傳統閩南式建築是金門最豐富獨特的文化資產，在歐厝、珠山、水頭、瓊林、山后、南山和北山等具代表性的聚落中，大部分仍維持漳、泉樣式的傳統閩南式建築，深具獨特的地方風格與豐沛的人文生命力。

金門古厝民宿

你是個充滿感情的人，悲天憫人的易感心靈常讓你對美的事物駐足良久，有趣的是，你對美的定義非常獨特，昨天覺得美的東西，今天可以完全否定它。你非常適合安排到「**金門古厝民宿**」住一晚，這些古厝民宿不同於設備現代化的大型飯店，入住充滿歷史韻味的老宅，讓你可以體驗金門在時代變遷下越陳越香的美好時光。

First Love

每個人生階段都有一些執意的情愛。

不見得是人，有可能是一首百聽不厭的歌、一齣對白自然上口的電影，或是一段深夜燈下經過的口哨聲。

沒想到的是，隨著人生下個階段的到來，深情執著的對象又會不同。

這最騙不了自己，無法再對昔日對象投以相同的執著，愛，不再自然說出口，深刻記憶不知何時逐漸退去，畢竟情隨境遷，如何將昔日的情思投射於今日蛻變的自己呢？

但是生命的每一個瞬間，都像是一片片獨一無二的人生拼圖，今日的自己怎麼會有如此的品味？為何會執意喜歡這個、厭惡那個？仍逃避不了的，仍是那為了下一個拼圖觀察周遭拼圖線條的可能。

「如果，弄丟了最重要的那一片，該怎麼辦？」

這是二〇二二年一齣日劇的旁白，背景選擇冬日雪地的札幌，配樂是宇多田光一九九九年的首張專輯《First Love》，戲中出現的舊式電玩、CD隨身聽、薄荷糖、冰淇淋汽水等，都彷彿在為了世界各處的你妳我他弄丟的拼圖，找尋任何可能的線索。

人類文明真是透過科學智識匍匐前進嗎？一條條無影無蹤的網路，將我們曾執意的情愛畫面，儲存在看不見的記憶庫裡。一個地點的置入搜尋，立刻將相同空間的拼圖連結，卻想不起來這是何時的駐足？我為了什麼來這裡？又為了什麼離開再也不曾回來？

金門水頭聚落——金水國民小學。

這些記憶的窗簾，Google相簿可以掀去嗎？

我們在前人建構的知識體系下努力發現破綻，超越已知才能立足自我，串連記憶時空的Google相簿裡，超越不了的卻是找不回的自己。

金門瓊林入口意象。

煙草香的教室

記憶裡那位身穿長袍馬褂的教授，他的課堂總是座無虛席，一堂禮記課，滿滿的學子早早入席搶位置，愛遲到的我總是得掛在窗口，雙腳其實是立在走廊上。

教授喜歡抽煙斗，遇到早起好日子，靠近講桌的我喜歡偷聞他的煙草香，也喜歡抱著煙草香的藍綠色禮記，那樣吻合著字裡行間，藍色的哀傷。

離時代是遠了，有點腐舊，有點不知所措的離地萬里。

但是教授依然氣定神閒，微笑的臉龐配上深藍馬褂，為著時代的必然遠去立穩現世智者的腳印。古典與節制，成了現世孤獨迷人的浪漫，煥發著蔚藍與灰藍的中間色。

違和嗎?這樣的禮記。

我從不覺得,至今仍是,淡淡的禮教裡,其實存有著人性,距離的美好,更有著依循的根。

「是這塊,是這塊失去的拼圖嗎?」島田光也許會說。

後來才知道,教授居然是父親的軍中同袍,更是方城之戰的戰友。父親常說,這位教授牌品極好,一場場廝殺下來卻身心舒暢,彼此都不過問私生活,方城之後,各自回家。

想起校園裡的禮記,還有那芬香四溢的煙草味,沈浸在昔日儒教社會的禮制儀式,那樣的人情,群體為主的追求個人和諧,有根有本的是人性,是精神,不侷限於形式。

昔人日已遠，典型在夙昔。然而我也逐漸退去對煙草香的執愛，太古典、太淡雅了，某種麝香香水逐漸取代了記憶。

日子是什麼？在時空的變換下，日子有質地，呈現著各異的舞臺效果，有砲火爭戰，有異鄉落居，有尋根歸土，有富貴枝頭。然而，日子的主角是人，在不同的時空下，古人的日子與現在我們的日子，眼下追求的，一生追求的，是不同的嗎？

金門閩南建築風格之古厝。

都在過日子，一天一天，日升日落求溫飽。追求一種和諧的人情，淡定美善，身而為人，立足一隅，安身立命。在競爭激烈弱肉強食的群體裡，淡定顯得落伍無力，和諧顯得缺乏氣勢，無法一刀斃命。然而，我想起父親與教授的方城之戰，不管如何爾虞我詐，方城之戰，鹿死誰手，不問隱私，謹守禮教。

自媒體如此興盛的今日，個體足成一個個小宇宙，快速自轉，自給自足，什麼是人與萬物彼此的連結？什麼是我們人與人的去與來？什麼是合宜今世的禮教？慎終追遠的根需要理會嗎？祖先的出生地真的和我們可以一刀兩斷嗎？我們只需活在當下，做個從石頭蹦出來的美猴王，活在隨機誕生的島嶼嗎？

那些辛苦渡過黑水溝，落腳生根的先祖呢？我那離開家鄉，為生活、為自己尋找更好美地的父親、母親呢？

昔日禮記教室的煙草味，悠悠裊裊，繼續在金門行旅的日子裡飄香。

那天我來到金門，尋找這一片遺落的拼圖。

著迷於金門洋樓與閩式建築的小巷弄，也迷失在一戶戶徒有門牌號碼，卻大門深鎖的時空迷陣。懷想著這裡曾有的大院風華，一群群隨時代潮水飛離金門的候鳥們，想像著他們有著海水憂鬱的深藍，也有著天空自由的蔚藍，落腳僑鄉，開枝散葉，構築自己生命的拼圖。

為什麼他們在功成名就後，卻仍紛紛回到原鄉金門的土地上，繼續斥資修築南洋式華麗莊園，年年回鄉，執意參加宗族世代傳承的閩式祭典？

金門洋樓鶴立閩南古厝間，呈現僑鄉文化特色。

多樣顏色的桅帆同時飄散

當機艙裡傳來機長堅定的聲音：「現在我們開始降低飛行高度，準備降落。」五十分鐘前才從繁華臺北起飛的匆忙步履，此刻心已被機艙外紅白相間的整齊聚落宅第深深吸引。

固若金湯的金門縣，就在離臺灣約莫五十分鐘不遠的飛行距離，輕鬆如造訪鄰近捷運站的航程時間，啟航的卻是一趟穿梭今古的時空旅行。機長沒有說的是，「緊接著我們將降落的寶地，不僅帶著我們回到戰地史蹟的鋼鐵精神，還能洄游於海洋文化的自由情懷，更驚豔於置身一處處充滿閩南聚落與僑鄉文化的好所在。」

隨著飛機緩緩靠近金門，口裡不禁念起詩人鄭愁予的作品，這位認祖歸宗，落籍金門的詩人，在《金門集》中有一首〈帆——在雲端

道別〉，作者顯然乘坐在離別的飛機上，低頭俯視著金門海域，「在雲端道別／不道珍重　而祝逍遙」、「方向未在意／無由問往還」、「多樣顏色的桅帆同時飄散」，句句表達的正屬於金門這片土地散發的典雅、開放與多元的文化底蘊。

金門的戰地史蹟是一般人耳熟能詳的特有文化，來訪的觀光客亦多以此主題認識金門的故事。二〇二二年，適逢金門解除戰地政務管制屆滿三十週年，開放觀光旅遊也已二十七年，許多金門特有的閩南傳統建築與極具僑鄉風的西式洋樓，在妥善的保存與再利用之下，成為不同於戰地史蹟的另一扇文化之門，金門擁有著獨特的面貌，也造就了它以全島申報世界遺產的潛力。

其實金門的故事裡，雖然戰爭下的戰地史蹟是金門的強大基因，讓金門在大時代的歷史意義與地理特殊性得以認識與保存，但是，一

金門瓊林聚落。

金門瓊林聚落。

般人卻較易忽略的是，曾經砲聲隆隆的金門，在土地上的農業生產是長期以來維繫宗族的基礎，至今仍是以注重宗族的社會結構。而在此一穩定的社會關係裡，自有宋一朝，即有進士及第，至清末可考的紀錄裡，共有五十位進士。金門雖經歷了長期管制的戰地政務，但其宗族關係及產業結構，不僅早早即發展了金門禮教文化的認同感，更因金門歷史與地理的特殊性，使得金門擁有海外僑民的支持，保存著非常珍貴的閩南文化與僑鄉文化。

金門因地處大陸沿海的弧線邊緣，這個地理位置恰是候鳥南遷北返的主要路徑，加上自然環境優渥，食物資源豐富，以及人為干擾少，因此每年都吸引許多鳥類在此繁殖、度冬或是過境停留。

一年四季都留在金門的留鳥，不作遷徙之想。戴勝、鵲鴝、喜鵲、八哥等等，金門地區的留鳥約有三十三種，僅佔紀錄鳥類總數的百分之十三。

而春季時從南方遷徙到金門地區繁殖的夏候鳥，秋季之後會回到南方度冬。約佔紀錄鳥類總數的百分之四，有栗喉蜂虎、家燕、中杜鵑、黃小鷺、噪鵑、四聲杜鵑、大卷尾等。

秋季之後北方陸續到達金門地區度冬的冬候鳥，春季之後再回到北方繁殖，約佔紀錄鳥類總數的百分之二十五。約佔紀錄鳥類總數百分之十三的是迷鳥，迷途的鳥類遷徙路線本不在金門地區，因為氣候或體力因素影響而出現在此地。

約佔紀錄鳥類總數百分之四十五的候鳥，是過境鳥類，牠們會在春、秋兩季遷徙，只在金門過境作短暫停留，補充體力之後又繼續南遷北返。

這樣一算，金門的候鳥比例竟佔了約七成五。而身處地理位置的特殊，金門人的落居、移居、出鄉、經貿等生活，也像一群群的候鳥，生存的移動共築血緣支脈的點線面，以時間軸的流動為連結，成為多數

金門人的生命輿圖。也就是說，大航海時代、天津條約五口通商等歷史事件，在金門人的族譜裡都可以是辨定方位的指南針。

深入金門三鎮三鄉，走進巷弄，親切的閩南鄉音讓我覺得陣陣輕風襲耳，不僅感受到金門與臺灣本島的文化緊密相連，更能體會這些難能可貴的文化特質，仍根植金門的日常生活。再進一步深入聚落，這樣的親切裡，更多的其實是臺灣本島已逐漸消失的閩南傳統建築與家族祭祀傳統，這是金門有別於臺灣本島與其他地方的特色之一。

若要了解金門傳統閩南建築的特色，一定得先了解「閩南文化」，然後才能深入理解金門的傳統宗族聚落、宗祠建築與僑鄉洋樓的懷鄉情感。

「其中，金門最具代表性的典型宗族聚落就是瓊林。」我向國立臺灣師範大學國際與社會科學院院長兼東亞學系江柏煒教授請益。

金門洋樓鶴立閩南古厝間，呈現僑鄉文化特色。

閩南文化、宗族聚落與宗祠建築

江教授投入金門研究超過三十餘年，已經成為金門人的一部份，同時也將閩南與南洋交融的生活習慣帶進日子裡，南洋咖啡是日常飲品。而江教授自己的研究領域裡，逐漸為自己解釋居家文化的基因，尤其是閩南文化，他說，蘊含著極為重要的「重鄉崇祖」的內涵。閩南人非常注重文化與語言的傳承，強調宗族血緣與同鄉情懷，藉由撰修祖譜、建設祠堂來凝聚血緣文化的關係。此外，閩南人亦藉著追溯宗族歷史、傳承閩南語言文化、沿襲歲時習俗，以及傳承信仰來鞏固文化脈絡的延續。

江教授說，在中國眾多建築文化圈中，閩南建築自成一格，各宗族入閩，生聚繁衍，其後裔為祀祖先立宗祠（家廟）祭奠，成為閩南建築的一大特色。自西周至秦漢，閩南為閩越族居地，據信當時應有

干欄式的民居。晉末士族南渡，帶入了中原文化，宅第建築依儒家禮制及家庭結構，形成合院格局。

五代王審知治閩時期，尊崇佛教，各地普遍興建寺廟。唐代以後，社會經濟繁榮，在州治的所在（泉州）官宦之宅邸規模宏大、裝飾華麗，寺廟亦然。北宋時期，等級制度嚴格，規定除官家和寺廟外，一般民宅不得使用斗拱、藻井、門屋、彩畫梁枋。但這種規定，於元代以後因小商品經濟的發達，逐漸被大地主、巨賈所突破。

南宋及元，泉州海外交通貿易蓬勃，外商雲集，帶來了伊斯蘭教與印度教文化。以泉州為主的貿易城市裡，清淨寺（清真寺）、摩尼教寺、景教等新興宗教建築交相爭輝，非臨街的民宅雖然沿襲著北宋規制，但逐步形成宗族聚落的建築合院群組，以宗祠為中心，宮廟五方（五營）為邊境，有秩序地排列於基地之上。

宗族與空間：金門瓊林的傳統聚落與建築

「閩南傳統建築既有中國傳統建築對稱、嚴整、封閉的性格，又具有華麗活潑、誇張矯飾的特徵。彎曲的屋面，高翹的燕尾，花枝招展的剪黏，堆砌的水車堵，色彩斑斕的鏡面牆，白色花崗石襯托著鮮豔的煙炙磚，處處表達出閩南建築特有的性格。」江教授說，金門的瓊林擁有大規模的傳統聚落與建築，最著名的閩南建築就是宗祠與聚落建築。

因為在明清兩代的科舉的傑出表現，所以一進入瓊林宗祠建築，就會被棟架上一幅幅的進士匾額所吸引，這是過去傳統社會地位與仕紳取得功名地位的表現。

穿梭古厝與宗祠之間，不僅讓人興起思古幽情，特別的是，這些古厝也極具日常現代的氛圍，不少住家都還繼續生活其間。

「另一類古厝，為在清末民初，許多金門人至南洋從事貿易，也賺了不少錢，回金門鄉里建造巴洛克形式的豪華西式洋樓，光宗耀

祖。這些樓房夾雜鶴立在古厝中，為金門建築增添南洋異國風情。」

提起這些美麗洋樓時，江教授剛好接到一封信。

「你看，這就是我為什麼一直研究金門僑鄉文化的原因！寫這封信的人，其祖先來自金門，他人在南洋，依然希望了解與祖先土地有關的親人散居何方。」江教授說。

金門人稱洋樓為「番仔樓」，瓊林一帶的番仔樓以「養拙樓」最為著名，現在已成為「蔡嘉種紀念館」，這棟樓也是金門歷史的縮影，從閩南建築改建為洋樓，戰爭頻仍的年代成為民防館，提供國軍戰備使用。

一九二〇年代之前，僑居海外的金門人持有著落葉歸根與光前裕後的宗族觀念，一生的心願就是回到金門度過餘年，或是遷葬回鄉。所以現在的金門仍有許多宗族年年輪流舉辦祭祖大典，再遠的子孫都會回來參加典禮，穿著傳統服裝。

「現在的子孫多已出生僑鄉，已非『華僑』，而稱『華人』。有些洋樓由於當時參考國外建築，卻又不捨傳統的閩南禮節與建築文化，因此形成一種相當別緻的建築景觀，但已久無人居，逐漸傾頹毀壞。還好政府相關單位為了維護及保存這些珍貴的文化景觀不遺餘力，各司其職，至今已在金門顯見成果。」江教授特別強調，這就是金門閩南傳統文化與僑鄉文化得以永續發展的關鍵。

我想起自己大學時為什麼執意因喜歡而選修《禮記》的心意。我喜歡《禮記》文字裡一種恆溫穩定的社會力量，是能夠知道可依循的精神何在，其中的〈禮運〉篇在擔任教職後更成為必教的教材。

前半篇文字所述，雖可掌握到《禮記・禮運》內涵是以人情為核心的政教文化觀，但〈禮運〉後半篇才對「人情」論有較具體描述，此中明顯呈現儒家思想的特質，與落實「天下為一家」的政治理想及其實踐步驟緊緊相連。

《禮記．禮運》有一段這麼寫的：

故聖人耐以天下為一家、中國為一人者，非意之也，必知其情，辟於其義，明於其利，達於其患，然後能為之。何謂人情？喜、怒、哀、懼、愛、惡、欲，七者弗學而能。何謂人義？父慈、子孝、兄良、弟弟、夫義、婦聽、長惠、幼順、君仁、臣忠，十者謂之人義。講信修睦，謂之人利。爭奪相殺，謂之人患。故聖人之所以治人七情，修十義，講信修睦，尚辭讓，去爭奪，舍禮何以治之？飲食男女，人之大欲存焉；死亡貧苦，人之大惡存焉。故欲惡者，心之大端也。人藏其心，不可測度也。美惡皆在其心，不見其色也，欲一以窮之，舍禮何以哉？

金門巴洛克式洋樓與閩南式建築巧妙融合。

這段〈禮運〉文字中即從人生而為人的大慾，本於飲食男女之人性著眼，不論生存或死亡貧苦，七情為心氣所發，本來就含有人人可通的特質，這是「心之大端也」。而依外顯現象有不同分類，「人藏其心，不可測度也。美惡皆在其心，不見其色也，欲一以窮之，舍禮何以哉」，這就是人，其對於人生中最具關鍵影響力的心理反應，但又不直接顯露在外表形色上的本性。如何節制自處，如何與人共存和諧，這段文字又從心、色二端之別，說明此中禮之所以重要，則因欲、惡兩者係潛藏於人心深處，並不易從外表考察測度。

如此直指人情，方能顯現出禮儀內在的精神。禮，不僅在於能安排人性，自處生活，更能讓人世情欲可以保持交流的空間。文中「以

天下為一家，中國為一人」是大同世界的理想境界，而「非意之也」一句則進一步指出儒家的政治理想，並非只是憑空臆想，而是在以人情為考量的本質下，以小康禮制為落實基礎，慢慢逐步拼圖勾劃的實際施行步驟。此即「必知其情，辟於其義，明於其利，達於其患，然後能為之。」的真義，因此，聖人藉著禮，將人情、人義、人利、人患四者，妥善安置，一一直視面對。

「治人七情，脩十義，講信修睦，尚辭讓，去爭奪。」「治人」以「人情」為核心，面對與生俱來的人性質素而非壓制。

原來，這一片禮之拼圖，並未亡失，只是遺忘。來到金門，似曾相識的禮教文化，喚醒靈魂深刻的安定力量。

保存古厝的復舊如新

從金門瓊林村西方入口處進來，首先映入眼簾的是極為醒目的軍事標語，紅牆白字，書云：「獨立作戰，自力更生，堅持到底，死裡求生。」這就是位於瓊林里辦公處與怡穀堂之間的「蔡嘉種紀念館」，昔稱「養拙樓」。此處為一棟中西合璧的洋樓建築，在古蹟的維護與更新上，由金門國家公園管理處負責出資一千四百多萬元重建瓊林養拙樓，金門縣文化局配合辦理，也出資八百萬元，總工程費達新臺幣二千二百多萬元，終於合力重建完成。在金管處主導與帶動修復聚落老建築並活化，再利用為觀光民宿的工作，不管是土地分區運用規劃和管制、獎勵補助修繕，金管處都在持續進行修復古厝、為保存完整的傳統建築風格，延續僑鄉文化為目標。

養拙樓建於一九二〇年，原為一落二攑頭之傳統閩南建築，後由瓊林鄉賢蔡嘉種先生出資改建，為現今之洋樓格局，近期更曾為國軍

戰備使用，兼具了閩南、僑鄉與戰地史蹟的面貌。為使傳統文化資產得以延續，養拙樓歷經金管處與金門縣政府、蔡家合作修復，於二〇一六年辦理「瓊林養拙樓傳統建築修復工程」，並於內部部份空間展示蔡嘉種先生之生平事蹟。金管處委託建築師進行調查，在修復的過程中，會考量周邊聚落的形式，再請蔡嘉種先生的後代子孫進行口述歷史的紀錄，在二〇一七年修復完成，還原古厝本貌幾近百分之百。

金門獨特的洋樓建築，呈現南洋僑民的思鄉之情。

魚躍
書香
門第

金管處的蔡立安秘書說，金管處在輔助活化老聚落的工作中，常與社區發展協會、當地居民合作，不管是與歷史建物所有權人協調，將歷史建物的經營、管理與維護權交由管處負責，或者是獎勵居民修繕的溝通與輔導過程，金管處都是具備督導與評鑑機制。「在老屋修繕的部分，我們非常感謝金門縣文化局，透過修繕老屋的匠師培訓制度，核發執照，讓專業匠師的寶貴經驗得以傳承延續，真正尊重老屋傳統格局及建築文化。至於在輔導老屋轉型活化的機制上，金管處採取的是『低管控，多發揮』的態度，輔導民宿業者可自由發揮自己的風格。不管是南洋風、單車風、古宅風等等，只要老屋的外觀、結構不予變動，我們鼓勵業者在老屋的硬體結構下，多多呈現屬於自己的創意與個性。」

對金門僑鄉文化的保存紀錄，與海外華僑與華人的發展研究等，金管處提供了重新認識金門僑鄉歷史文化特質的管道。至於評鑑機制

方面，蔡秘書說，「金管處分為定期與不定期的評鑑，每年至少一次邀請專家、學者與有經驗的民宿業者，按照表格列冊逐棟進行評鑑；另有一年數次的不定期評鑑，只要是有違建、私自動工等違規行為，將列入是否續約的考量。」金管處的角色著重在文化古蹟的保存保護，與無形文化資產的研究紀錄，不在某一特定地區的推廣，也不是在發展觀光，而是配合「觀光處」，進行輔導與提昇民宿業者的經營品質，這樣「復舊如新」的精神，與傳統宗族祭禮的延續意義，在現代的金門益顯重要。

《禮記》也是，多少人在離開學校之後，對於禮儀精神的思索究竟還有多少？禮節在生活裡，除了行禮如儀之外，究竟於人之常情還有什麼意義呢？

《禮記．禮運》曰：

故天子祭天地，諸侯祭社稷，祝嘏莫敢易其常占，是謂大假。

故天子有田以處其子孫，諸侯有國以處其子孫，大夫有采以處其子孫，是謂制度。

是故禮者，君之大柄也，所以別嫌明微，儐鬼神，考制度，別仁義，所以治政安君也。……故政者，君之所以藏身也。

金門古厝的嶄新角色：民宿。

這段文字乍看會以為已是作廢消失的封建制度，與我何干？但是，仔細理解，當會發現「宗族祭祀」於遠離原鄉的子孫而言，是多麼重要的精神依歸。為求因應工商業社會的需求，哪些祭祀的內容必須保留，哪些又是需要酌量更改的。首先，本段從正面說明祭祀應各守份位，誠意在中。「天子祭天地，諸侯祭社稷」說明了祭祀禮法的大綱，就是各從其分際，不可改易。其次，又從政治上說明禮的功用，可以成為最重要的憑藉，使其安身立命，無患無虞。「我欲仁，斯仁至矣」，由近及遠，及物潤物，一一實現仁義之道。

從《禮記・禮運》這段回看金管處在一九九九年開始推動老屋自發性修繕與申請補助的計畫，不也是由近及遠，及物潤物的古蹟保存方式嗎？

目前金門老屋用在民宿發展的業者已超過一百家。金管處在初期的輔導方向，會請飯店主管開設相關課程，教授基本飯店經營事項，如

折棉被、準備備品等，之後逐漸轉變為開設傳統建築修繕課程；現在則是輔導民宿業者發展與觀光相關的第二技能，如了解宗祠文化、植物染布裝飾民宿、製作傳統瓊林宴、電子商務推廣等課程。金管處每年投入將近一百萬的預算，開設課程輔導民宿業者，也看到近年來民宿業者的素質提升得非常快，讓傳統聚落與文化能永續經營，將人與土地的連結傳承下去，這些軟實力，都是金門不可忽視的文化力量。

蔡秘書說，「金門國家公園於二〇〇六公告實施『第一類一般管制細部計畫』後，將瓊林聚落劃設其中，為維持聚落內風貌與完整性，將聚落範圍用地分為『歷史風貌用地』、『生活發展用地』及『外圍緩衝用地』，以兼具聚落風貌保存及住民發展需求。因此聚落風貌尚保存許多閩南式傳統建築，整體建築格局承襲歷代先民發展，及為因應發展過程中的調整，呈現出修正式的梳式布局，希望保存這些聚落風貌，能增加金門文化資產的創意產值。」

民宿成為古厝的嶄新記憶

〈禮運〉原文裡的「禮義以為器，人情以為田」是從人的內涵來探討禮義的內在精神，因此，〈禮運〉裡的禮儀精神彷彿仍在今日可以繼續對話，乃是因為其中肯定了人的角色，那是超越禮儀的形式，成為天地之間最重要的依憑關係。

《禮記·禮運》曰：

故人者，其天地之德，陰陽之交，鬼神之會，五行之秀氣也。故天秉陽，垂日星，地秉陰，竅於山川，播五行於四時，和而后月生也。是以三五而盈，三五而闕。五行之動，迭相竭也。五行、四時、十二月，還相為本也。五聲、六律、十二管，還相為宮也。五味、六和、十二食，還相為質也。五色、六章、十二衣，還相為質也。

故人者，天地之心也，五行之端也，食味、別聲、被色而生者也。故聖人作則，必以天地為本，以陰陽為端，以四時為柄，以日星為紀，月以為量，鬼神以為徒，五行以為質，禮義以為器，人情以為田，四靈以為畜。……故先王秉蓍龜，列祭祀，瘞繒，宣祝嘏辭說，設制度。故國有禮，官有御，事有職，禮有序。

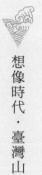

以上兩段分別對於人之所以為人的內涵作出界定，「故人者，其天地之德，陰陽之交，鬼神之會，五行之秀氣也。」人為天地、心身凝合為一的存在，人不只是天地之德、天地之心，同時也生存於宇宙萬物之間，在陰陽二氣互動往來之際，稟受著五行秀氣，與天地萬物同其呼吸。「故人者，天地之心也，五行之端也，食味、別聲、被色而生者也。」人能制定衣食禮樂，在人文世界也相應制定了五聲六律十二管、五時六和十二食、五色六章十二衣，互相和合錯綜，成就了生物的大化。

「禮義以為器，人情以為田，四靈以為畜」，肯定人情是天地之心，禮樂文制的創建是善用人情的利器，政治制度的設立，乃至祭祀禮儀的安頓天人關係，這些都是禮樂文明的價值。祭祀典禮及政治制度有其客觀存在意義及教化功能，因為禮能發揚人性的美善，乃以自然宇宙天地山川萬物作為人所效法的對象，所以在制禮過程中強調精

神層面，達到天人之間的人情溝通，「故國有禮，官有御，事有職，禮有序。」

所以漫步在金門瓊林聚落裡，閩南傳統與僑鄉文化的歷史在新舊紋理間閃閃發光，因為一切的宗族體制，人還是主角，庶民生活的日常軌跡是讓金門傳統聚落與老屋持續呼吸的重要關鍵。我拜訪位於瓊林一一一號的「序室」，此處已在二〇二二年五月更換民宿經營者，不變的是老屋的歷史，二落大厝加迴向的建築形制，為蔡世益、蔡科甲昆仲至沙撈越經商致富後，於一八八九年（光緒十五年）興建，至今已有一百二十年的歷史，曾經荒廢長達三十三年。二〇〇九年由金門國家公園委託規劃設計並進行修復，同年年底竣工，二〇一〇年四月開始以民宿形式營運，是金門首批浴室加入暖房設施的民宿。

走入「序室」古厝內，才發現民宿的主理人吳偉國取名為「序室」的用心意涵，「『序室』的英文是『Narrative』，是『敘事』，

這裡擁有充滿議題討論的空間；也是『蓄勢』，是蓄勢待發的能量，這些我都在這個空間裡一一實踐中。」吳偉國的眼神充滿著對這間老屋的嶄新期許與自信。出生烈嶼的吳偉國，是一位七年級生，曾在竹科上班七年後返鄉從事類政治的社造工作，離職後短暫成為自由工作者，做過紀錄片執行製作與新聞專題在地協力。吳偉國說，這間序室，他希望不只是一間老屋的重現，「序室的出發，期許的是我們能夠成為一座橋，串連臺灣本島與金門，進而讓更多本島的朋友踏上這裡，讓我們彼此的關係更為緊密，因此，各種有趣合作正在緩慢，但持續的在討論中。」

仔細觀察序室的空間設計、房間名稱、備品與書籍陳設，都能看出吳偉國人文企劃的「敘事理念」，吳偉國說，「所以，我們會與蓊蓊書店合作的原因，因為這是金門後浦老街上的一家獨立書店，主理人蓊蓊會為我們選書。那些關於生活的種種議題，透過選書呈現，期待每個住進這個空間的朋友，都能透過蓊蓊選的作品，來咀嚼生活的

金門風土文化值得細細品味。

各種樣態。」吳偉國的眉宇之間，洋溢著生命原力，那是對金門文化長期的觀察與期許，也是「幸福就在日常」的金門獨特基因。

吳偉國希望古厝的價值不只是一間老宅，希望能讓所有進入這個空間的人透過「幽、恬、樸、煦」四間客房的四個名字，看見更多他想分享的金門日常，並從中獲得更多關於生活的能量，繼續為明天而努力。

金門瓊林聚落。

「身處金門國家公園範圍內的民宅真的非常幸運，我們沒有老屋不方便的問題，因為金管處在做老屋修繕工作的時候，已設定為民宿使用。所以住老屋衛浴設備不足的問題，金管處都先予以克服。」吳偉國說，從今年五月開始進駐瓊林聚落兩棟翻修過後的閩南古厝，著手空間的整理，提供給大家另一個停留在金門的新選擇。

對於古籍在現世的意義，一如面對老屋在時間裡的自然凋零與重建復甦，也是需要掌握其中超越時空的價值。一如〈禮運〉的理論旨趣，其實在於以「人情」為核心，呈顯「禮」能跨越時空、持守歷史文明的真正價值。

〈禮運〉後文即以「肥」字為喻，以人之營養充盈類比地說明，自天子以至於百姓，若皆得其所以自處的常道，即為「大順」。

其文曰：

四體既正，膚革充盈，人之肥也。父子篤，兄弟睦，夫婦和，家之肥也。大臣法，小臣廉，官職相序，君臣相正，國之肥也。天子以德為車，以樂為御，諸侯以禮相與，大夫以法相序，士以信相考，百姓以睦相守，天下之肥也。是謂大順。大順者，所以養生送死、事鬼神之常也。……故明於順，然後能守危也。故禮之不同也，不豐也，不殺也，所以持情而合危也。

古厝與民宿的嶄新對話。

文中所稱人之肥、家之肥、國之肥、天下之肥，也就是〈大學〉篇所說修身、齊家、治國、平天下，能一一完成是為「大順」。「大順者，所以養生送死、事鬼神之常也。」能夠養生送死及祭祀等所有禮儀，皆能各得其所，關鍵在於持守人情以為權衡的中心，藉以消弭危難，也就是「禮，所以持情而合危也」。

就像序室主人吳偉國在擁有百餘年歷史的古厝裡

經營民宿，也像養拙樓轉型為紀念館的僑鄉文化精神，期待讓各種嶄新的對話與敘事在金門繼續發生著，讓我們可以好好持續深入認識金門。在既有的自然風貌、戰地史蹟、傳統閩南文化與僑鄉文化裡，了解一個在歷史時空裡努力保存與蛻變，容納所有的完整與不完整的金門。

「如果，弄丟了最重要的那一片，該怎麼辦？」

日劇裡的深情執念，候鳥四季神秘的返與離，記憶的失去與復得，在淡淡的煙草香底，在一頁頁的禮記裡，要留住的與自然退去的，在金門的巷弄裡，彷彿聽見了那一片拼圖找著了自己的主題曲。

國家圖書館出版品預行編目(CIP)資料

顧顧旅讀　文學朝聖之旅03：想像時代・臺灣山城海 / 顧蕙倩著. -- 第一版. -- 新北市：商鼎數位出版有限公司, 2023.05

面；　公分

ISBN 978-986-144-228-0(平裝)

863.55　　112005930

顧顧旅讀　文學朝聖之旅 03

想像時代・臺灣山城海

作　　者　顧蕙倩

發 行 人　王秋鴻
出 版 者　商鼎數位出版有限公司
地址／235 新北市中和區中山路三段 136 巷 10 弄 17 號
電話／(02)2228-9070　傳真／(02)2228-9076
郵撥／第 50140536 號　商鼎數位出版有限公司
商鼎數位出版：http://www.scbooks.com.tw
網路客服信箱：scbkservice@gmail.com

編輯經理　甯開遠
執行編輯　陳資穎
攝　　影　顧蕙倩
插　　畫　周威廷
編排設計　商鼎數位出版有限公司

2023 年 5 月 25 日出版　第一版／第一刷